O ACIDENTE

Obras do autor publicadas pela Companhia das Letras

Abril despedaçado (também em edição de bolso)
O acidente
Concerto no fim do inverno
Crônica na pedra
Dossiê H
A filha de Agamenon & O sucessor
O palácio dos sonhos
A pirâmide
Uma questão de loucura
Os tambores da chuva
Vida, jogo e morte de Lul Mazrek

A marca FSC é a garantia de que a madeira utilizada na fabricação do papel deste livro provém de florestas de origem controlada e que foram gerenciadas de maneira ambientalmente correta, socialmente justa e economicamente viável.

ISMAIL KADARÉ

O acidente

Tradução do albanês
Bernardo Joffily
Com a colaboração de
Iliriana Agalliu

COMPANHIA DAS LETRAS

Copyright © 2008 by Librairie Arthème Fayard
Todos os direitos reservados

Grafia atualizada segundo o Acordo Ortográfico da Língua Portuguesa de 1990, que entrou em vigor no Brasil em 2009.

Título original
Aksidenti

Capa
Fabio Uehara

Foto de capa
© Adrianna Williams/ Corbis (DC)/ LatinStock

Preparação
Maria Cecília Caropreso

Revisão
Marise Leal
Márcia Moura

Dados Internacionais de Catalogação na Publicação (CIP)
(Câmara Brasileira do Livro, SP, Brasil)

Kadaré, Ismail
    O acidente / Ismail Kadaré ; tradução do albanês Bernardo Joffily ; com a colaboração de Iliriana Agalliu. — São Paulo : Companhia das Letras, 2010.

    Título original: Aksidenti
    ISBN 978-85-359-1677-5

    1. Romance albanês I. Agalliu, Iliriana. II. Título.

10-04856   CDD-891.99135

Índice para catálogo sistemático:
1. Romances : Literatura albanesa   891.99135

[2010]
Todos os direitos desta edição reservados à
EDITORA SCHWARCZ LTDA.
Rua Bandeira Paulista, 702, cj. 32
04532-002 — São Paulo — SP
Telefone (11) 3707-3500
Fax (11) 3707-3501
www.companhiadasletras.com.br

PRIMEIRA PARTE

1.

O acontecimento parecia dos mais corriqueiros. Um táxi saíra da pista no quilômetro 17 da rodovia que levava ao aeroporto. Dois passageiros tinham morrido na hora, enquanto o motorista, gravemente ferido, fora levado ao hospital, em coma.

O boletim de ocorrência da polícia registrava os dados de sempre em casos assim: o nome dos mortos, um homem e uma jovem mulher, os dois de nacionalidade albanesa, o número da placa do táxi, junto com o nome do motorista austríaco, assim como as circunstâncias, ou, mais exatamente, a completa ignorância sobre as circunstâncias do acidente. O táxi não aparentava nenhum sinal de ter freado ou de ter sido atingido. Aproximara-se do acostamento durante o trajeto, como se o condutor do veículo tivesse perdido subitamente a visão, indo cair no barranco.

Um casal de holandeses, que seguia em um carro logo atrás do táxi, testemunhou que, sem nenhum motivo aparente, este saíra da pista de repente e despencara no barranco lateral. Apesar do susto, os holandeses tinham chegado a ver não só o voo do táxi sobre o vazio como as portas traseiras se abrindo, por onde os passageiros tinham sido projetados, um homem e uma mulher, se não se enganavam.

Outra testemunha, o motorista de um caminhão da Euromobil, dizia mais ou menos o mesmo.

Um segundo boletim de ocorrência, redigido uma semana mais tarde, no hospital, depois que o motorista voltou a si, em vez de esclarecer deixava tudo ainda mais enevoado. Depois que o chofer dissera que nada de excepcional tinha acontecido na hora do acidente, a não ser... talvez... no retrovisor... algo que talvez tivesse atraído sua atenção... o investigador perdera as estribeiras.

Insistentemente interrogado sobre o que tinha visto no espelho, o taxista não tivera condições de responder. As intervenções do médico, advertindo que não cansassem o paciente, não haviam impedido o agente de prosseguir a investigação. O que teria aparecido no espelho acima do volante, ou, em outras palavras, que acontecimento inusitado ocorrera no banco de trás do táxi que assombrara por completo o taxista? Uma briga entre os passageiros? Ou, ao contrário, extremadas carícias eróticas?

O ferido fazia que não com a cabeça. Nem uma coisa nem outra.

O que aconteceu então, quase gritou o outro. O que te fez perder a cabeça? Que diabo foi?

O médico estava a ponto de intervir de novo, quando o paciente começou a falar, tal como antes, arrastando as palavras. Ao fim da resposta, que parecera extraordinariamente longa, o médico e o investigador se entreolharam. De acordo com o ferido, os dois passageiros do banco de trás... simplesmente.. simplesmente... tinham tentado... se beijar...

2.

Como o depoimento do motorista tivesse sido considerado indigno de crédito, devido ao abalo psíquico sofrido, o dossiê do acidente no quilômetro 17 foi arquivado. O raciocínio era simples: qualquer que fosse a explicação do taxista sobre o que vira ou pensara ter visto pelo retrovisor, ela não modificaria a essência da questão: o táxi se desgovernara em consequência de algo ocorrido em seu cérebro: súbita confusão, alucinação ou perda de consciência, algo que seria difícil atribuir aos passageiros.

A identidade deles constava, como de hábito, junto com outros detalhes. Ele, analista, colaborador do Conselho da Europa sobre questões dos Bálcãs Ocidentais; ela, jovem, bela, estagiária no Instituto Arqueológico de Viena. Ao que parecia, namorados. O táxi fora chamado pela recepção do hotel Miramax, onde as vítimas tinham passado as duas últimas noites. O relatório da perícia técnica eliminava a hipótese de sabotagem.

Em um último esforço para achar alguma contradição no depoimento do taxista, o investigador fizera uma pergunta oportuna: O que acontecera com os passageiros depois do choque com o solo? De acordo com a resposta, ele próprio chegara ao barranco sozinho, pois os dois, tendo saído do táxi pelos ares, haviam, por assim dizer, se separado dele; dava a impressão de que ao menos não mentia no relato do que vira ou achava ter visto.

Embora banal à primeira vista, o relatório foi parar na seção dos "acidentes atípicos", por causa do insólito depoimento do taxista.

Por esse motivo, meses mais tarde uma cópia dele foi parar no Instituto Rodoviário da Europa, no quarto setor, que trata de acidentes raros.

Ainda que a qualificação "raros" desse a entender que eles não passavam de um punhado, em comparação com os desastres habituais, causados involuntariamente por mau tempo, excesso de velocidade, cansaço, bebida, drogas etc., etc., mesmo assim esses acidentes atípicos surpreendiam por sua variedade. Iam desde batidas homicidas e casos de sabotagem dos freios até inesperadas alucinações do motorista, cuja crônica compreendia os casos mais incríveis.

Uma parte deles, a mais misteriosa, tinha a ver com os retrovisores internos. Esses casos constituíam um capítulo à parte. Subentende-se que aquilo que o motorista vira no espelho fora algo chocante a ponto de causar o desastre. No caso dos condutores de táxi, uma das ocorrências mais frequentes era o passageiro ameaçá-lo com uma arma. Não eram poucos os abalos relacionados com enfermidades: colapsos, pressão alta, acessos de delírio acompanhados de gritos. Brigas repentinas, até com facadas trocadas pelos passageiros, mesmo não sendo tão excepcionais, podiam ter o poder de distrair um motorista inexperiente. Mais raros eram os casos em que um dos passageiros, em geral uma mulher que entrara no táxi minutos antes, amorosamente abraçada ao seu querido, de repente gritava que estava sendo sequestrada e tratava de abrir a porta para sair. Não faltavam sequer casos como aqueles em que o motorista reconhecia na cliente o seu primeiro amor, que o abandonara, embora tais casos se pudesse contar nos dedos.

Ainda que a maior parte dessas ocorrências à primeira vista misteriosas acabasse sendo explicada, isso nem de longe significava que todas as aparições refletidas nos retrovisores tivessem sido elucidadas.

Afora as alucinações, incluíam-se aqui casos conexos, como os de hipnotismo por meio do olhar do passageiro, de fulminante embriaguez por causa dos olhos provocantes de uma cliente, ou seu inverso, a impressão de ser sugado por um vazio assustador como um buraco negro.

O testemunho que o taxista prestara depois do acidente no quilômetro 17 da estrada para o aeroporto, apesar de parecer trivial demais para ser chamado de alucinação, ainda assim carecia de uma explicação lógica. Um ensaio de beijo entre dois clientes, que segundo o motorista fora o incidente que o distraíra, acarretando a morte deles, era algo que insistia em escapar entre os dedos, por mais que se tentasse agarrar.

Os analistas que se ocuparam do acidente primeiro tinham balançado a cabeça, depois mordido os lábios e a seguir sorrido cheios de malícia, antes de terem ataques de nervos e retomarem tudo desde o início.

O que queria dizer aquele "tentaram se beijar"? Soava forçado, ofendia até a linguística, para não falar da lógica. Pode-se entender que alguém queira beijar outra pessoa e ela não queira. Pode-se entender que um dos dois hesite, que os dois hesitem por medo de um terceiro, e assim por diante. Mas que os dois sozinhos no táxi, apenas na presença do motorista, tenham "tentado se beijar", "*sie versuchten gerade sich zu küssen*",* como especi-

---
* Em alemão no original (N. T.)

ficava o boletim de ocorrência, era um completo despropósito. As interrogações surgiam naturalmente: se eles acabavam de sair de um hotel onde tinham passado a noite, por que "tentaram se beijar"? Em outras palavras: se queriam um beijo, por que não se beijaram logo e ficaram naquela enrolação? O que os impediu?

 Quanto mais se tentava entender, mais incompreensível aquilo parecia. Admitindo que as vítimas tivessem encontrado um obstáculo à aproximação delas, por que aquilo chocara tanto o taxista? Por acaso seriam raros os casais que se beijavam ou até faziam amor no banco de trás de um táxi? Além do mais, como o motorista tinha detectado uma coisa tão sutil como uma tentativa, um desejo, e ainda por cima acompanhados de um empecilho secreto à consumação do beijo?

 Irritados, os analistas, depois de recordarem o provérbio "A pedra que um tolo joga no rio quarenta sábios não tiram", haviam assinalado à margem que talvez se tratasse do velho motivo da cliente reconhecida como sendo a ex-mulher ou a ex-namorada de outros tempos, frequentemente alegado por jovens taxistas e transmitido como uma lenda pelos mais velhos de boca em boca; então seria um tipo de distúrbio mental bem estabelecido, que nem mereceria tamanha dor de cabeça.

 Entretanto, depois que se verificaram e se descartaram todas as possíveis ligações do taxista com a passageira de nacionalidade albanesa, um relatório médico atestou que o estado psíquico do sobrevivente era absolutamente normal.

3.

Três meses depois, quando dois Estados balcânicos subitamente solicitaram consultas ao dossiê do acidente no quilômetro 17, o arquivista não escondeu seu assombro. Desde quando países daquela península beligerante, depois de recorrerem a todas as violências possíveis neste mundo, assassinatos, bombardeios, limpezas étnicas, agora, ao fim de tantas loucuras, em vez de se dedicarem a remediar as consequências de tudo aquilo, metiam-se com ninharias como acidentes automobilísticos heterodoxos?

Embora ninguém conseguisse atinar com os motivos do interesse do Estado sérvio-montenegrino pelo acidente, logo ficou claro que havia muito tempo os mortos eram objeto de suas investigações.

Assim que elas foram percebidas, o serviço secreto albanês também despertou. A suspeita de que poderia se tratar de um assassinato político — que depois da queda do comunismo entrara na moda, a ponto de ser ironizado como uma paranoia — retornou subitamente e com força total.

Como de hábito, os investigadores albaneses chegaram com

atraso ali onde os outros já haviam passado. Apesar disso, graças a suas ligações com compatriotas da diáspora, tinham conseguido reunir bastante material sobre as vítimas. Fragmentos de cartas, fotos, passagens aéreas, endereços e registros de hotéis, embora dessem a impressão de ser meras sobras de uma safra já colhida, ainda assim pareciam suficientes para lançar alguma luz sobre as relações do casal. As fotos, tiradas principalmente em saguões de hotéis, em cafés com mesinhas nas calçadas e algumas, mais raras, numa banheira, onde a bela moça, nua, fitava a câmera com mais entusiasmo que vergonha, não deixavam a menor dúvida sobre a natureza da relação deles. As notas dos hotéis davam a nítida impressão de que os encontros aconteciam em diferentes cidades europeias, onde, aparentemente, o trabalho o levava: Estrasburgo, Viena, Roma, Luxemburgo.

Os nomes dos lugares eram confirmados pelas fotos, e até por cartas, onde, principalmente a moça, mencionava as cidades, pois gostava de especificar em qual delas se sentira mais feliz.

Foi exatamente ao folhear as cartas, onde haviam depositado suas maiores esperanças de elucidar o enigma, que os investigadores tiveram sua primeira desilusão, seguida por um momento de assombro e por fim uma completa confusão.

As contradições eram tão grandes que por algumas vezes eles foram obrigados a interromper o inquérito, para entrar em contato com os recepcionistas dos hotéis, as faxineiras do andar, os garçons dos bares, ou com uma amiga da moça, emigrada para a Suíça e que de acordo com uma das mensagens sabia a verdade, e por fim o motorista do táxi.

Todos forneciam mais ou menos o mesmo testemunho: os dois pareciam felizes na maioria dos encontros, mas havia ocasiões em que ela se entristecia; certa vez até chorara em silêncio quando ele se levantara para dar um telefonema. Outras vezes era ele que se tornava sombrio e ela que buscava alegrá-lo, acariciava-lhe a mão, beijava-o.

Pergunta: havia algo que os atormentava, uma decisão que não se animavam a tomar, um arrependimento, uma suspeita, uma ameaça? Os recepcionistas não sabiam o que dizer. Assim, na aparência, tudo dava a impressão de estar normal. Nos bares da noite, a maioria dos casais alterna alegria e silêncio e às vezes melancolia, para de repente se alegrarem de novo.

Em ocasiões assim ela ficava ainda mais bonita. Os olhos cessavam de acompanhar a fumaça do cigarro e brilhavam tristemente. As maçãs do rosto também. Então era de uma beleza de arrepiar, de derrubar.

Derrubar? O que quer dizer com isso?

Não sei explicar. Queria dizer uma beleza de rachar, rachar ao meio, como se diz. Ele também dava a impressão de reparar. Pedia mais um uísque. Depois os dois voltavam a conversar na língua dele até de madrugada, antes de se levantarem e subir para o andar deles.

Pela maneira como ela se punha de pé, lançando um olhar furtivo, pela maneira como seguia na frente, com a cabeça um pouco baixa, tal como se imagina uma bela pecadora, sentia-se que os dois iam fazer amor. Para os garçons dos bares, e principalmente os dos hotéis, uma coisa assim era um entretenimento depois das longas horas de serviço.

4.

As outras informações, recolhidas aqui e ali, não tinham ajudado em nada os investigadores em busca de alguma luz. Pelo contrário, tudo se embaralhava e no final os depoimentos dos garçons e as cartas dos mortos pareciam ainda mais inexplicáveis. Às vezes aquilo parecia uma correspondência comum entre dois namorados e ela até se queixava do comportamento dele. Mas em outras ocasiões a impressão já era outra e os bilhetes secos deixavam claro que tudo não passava de uma banal relação entre uma mulher de programa e seu parceiro.

Os investigadores custavam a crer em seus olhos diante de frases como: "Aconteça o que acontecer, amarei você pelo resto da minha vida", seguidas por bilhetes escritos mais tarde, onde ele, depois de dar o endereço do hotel, acrescentava: "Sobre as condições, tudo OK, como da outra vez?".

A mensagem podia ser interpretada de duas maneiras. Podia ser uma referência à duração da estadia, uma noite, duas noites, mas lembrava mais uma remuneração. Como se não bastasse, de vez em quando surgia a palavra *call girl*, quase gratuitamente, como se ele mal esperasse a oportunidade de empregá-la.

No entanto, na correspondência anterior, pelas frases dele citadas nas cartas dela, ficava entendido que ele escrevera normalmente, falando de impaciência, saudades, de enlouquecer e tudo mais que já se sabe. Ao que parecia, a mudança tinha acontecido na fase final da longa ligação dos dois.

Uma laboriosa contabilidade estabeleceu que, enquanto as relações do casal tinham durado cerca de quinhentas semanas, o esfriamento acontecera nas cinquenta e duas últimas semanas. Como um sinal estridente, a palavra *call girl* fizera sua aparição quarenta semanas antes do fim.

"Você me trouxe uma felicidade sem tamanho, admito", escrevia ela numa das cartas, "mas muitas vezes sua monstruosa irritação envenenou minha existência."

Ela se queixava constantemente disso. Numa carta do ano 2000, chegava a dizer que a única fase onde experimentara uma felicidade completa na relação fora durante a Guerra dos Bálcãs, quando, ao que parecia, o nervosismo dele fora descarregado em outra direção. "Quando a Sérvia tombou de joelhos, você, como se não soubesse mais a quem aborrecer, veio de novo para cima de mim."

Aquela última frase fizera os investigadores albaneses acreditarem que tinham descoberto a chave de pelo menos um dos enigmas: o interesse do serviço secreto sérvio-montenegrino por Bessfort Y. Tendo ele muitos conhecidos em Estrasburgo e Bruxelas, assim como na maioria dos centros mundiais de direitos humanos, era natural que Bessfort Y. figurasse entre as pessoas malvistas na Iugoslávia e até entre aquelas responsabilizadas pelos bombardeios sofridos.

Logo se esclareceu a intrigante questão de por que a vigilância se estabelecera com tanto atraso, quando a guerra já tinha acabado. Exatamente ao fim do conflito, junto com uma certa consciência pesada pelo castigo e desmembramento da Iugoslávia, havia começado um esforço de revisão dos acontecimentos. A esperança de que os bombardeios fossem declarados um erro enchia milhares de pessoas de alegria ou aflição.

Naquela onda que se avolumava, seria natural enlamear Bessfort Y., assim como todos os que tinham urdido a morte da Iugoslávia. Compelido por uma obsessão doentia, como transparecia nas cartas de sua amada, aquele homem não se dera por satisfeito enquanto o Estado vizinho não fora arrasado. Além do que sua amante e talvez inspiradora não passara de uma vulgar aventureira.

Por mais que não desejassem admiti-lo, os investigadores albaneses suspeitavam que, desgraçadamente, uma parte do que diziam os sérvios, principalmente no que se referia à namorada de Bessfort Y., às vezes soava como verdade. Como que para provar o contrário, eles prosseguiram sua romaria por agências de viagens, bares, piscinas e hotéis, até chegarem à casinha, que ainda guardava em seu porão alguns cartões da morta.

Depois disso, a barafunda na cabeça deles, em vez de se aplacar, alcançou uma escala em que alguns se puseram a suspeitar de que não se tratava de uma, mas de duas mulheres distintas, misturadas pelos detetives por equívoco.

Era no que queriam acreditar, mas em sua angústia iam se convencendo de que por trás da bela jovem de aparência perturbadora, que já conheciam tão bem das cartas, relatos de terceiros e principalmente das fotos íntimas, ocultava-se apenas uma segunda natureza.

5.

A entrada em cena da pianista Liza Blumberg, amiga de Rovena, trouxera de volta a suspeita de assassinato.

Até então fora fácil refutá-la, ainda que o serviço secreto sérvio estivesse envolvido. Não se excluía a possibilidade de terem desaparecido com Bessfort Y., por julgá-lo um elemento nocivo à Iugoslávia, e junto com ele a namorada, que por acaso estava a seu lado na hora fatal. Mas era completamente ilógico que aquilo tivesse ocorrido tanto tempo depois. Se o desaparecimento de Bessfort Y. poderia ter beneficiado alguém no momento apropriado, agora que a cortina do drama já baixara ele não parecia ter interesse para ninguém.

O reexame dos acontecimentos indicava uma necessidade não de matar, e sim de difamar Bessfort Y. E uma difamação não se beneficiaria de uma morte. Longe disso; em certos casos a morte a dificultava. É sabidamente mais fácil falar mal de um vivo que de um morto. Bessfort Y. não poderia ter sido exceção, e menos ainda sua parceira.

O que havia de novo e surpreendente no testemunho de

Lulu Blumb — como a pianista era chamada em seu círculo de amigos — era a conexão da morte de Rovena com... não com o serviço secreto sérvio, mas como seu próprio parceiro. Segundo ela, os acidentes andavam na moda para dissimular assassinatos, e Lulu estava convencida de que Bessfort Y. recorrera a um acidente para se livrar da amada, independentemente do que tivesse ocorrido a ele próprio.

Nesse ponto, todos os investigadores, sem exceção, interromperam a pianista para comentar, sem esconder o sarcasmo, que não era muito plausível culpar alguém pela morte de outra pessoa, quando os dois tinham ido para o inferno juntos. A não ser que, por algum motivo completamente inexplicável, Bessfort Y. tivesse relutado em se aproveitar da confusão para cometer seu crime.

"Esperem, devagar com os riscos", dissera Lulu Blumb. "Não estou maluca de pensar assim." E continuara a expor sua teoria.

Ela estava convencida de que Bessfort Y. matara a namorada. Não conhecia, claro, as circunstâncias, mas isso absolutamente não a levava a questionar sua convicção. Meses antes, quando se achavam na Albânia, em um hotel duvidoso para onde BY a levara, a própria Rovena contava que temera por sua vida. Quanto ao motivo, ela preferia não falar. Eles estavam em melhor condição para achar um. Ela era pianista e não tinha interesse por episódios obscuros da política. Bessfort Y. fora uma pessoa complexa. Por mero acaso, Rovena havia contado a Lulu sobre misteriosos telefonemas durante a madrugada. E também sobre uma divergência com Israel, ou por causa de Israel, ela já não se lembrava. Como estava dizendo, ela não queria se meter com confusões desse tipo. Mesmo tendo sido contra o bombardeio da Iugoslávia, isso não vinha de nenhuma convicção política; simplesmente ela participava do movimento verde e condenava os voos militares, a poluição do ar e todas essas coisas.

Entretanto, a descoberta da natureza das relações entre Rovena e a pianista tinha diminuído a credibilidade desta última. Não era segredo, e ela própria não ocultava, que tinham vivido juntas uma longa aventura, o que tornava compreensível o ciúme da pianista em relação a Bessfort Y.

Por isso os investigadores tinham escutado com pouco interesse a intervenção de Liza Blumberg, inclusive aquela parte final, a mais nebulosa, onde a pianista, depois de se referir a uma grande boneca devorada por cães, acrescentara num rompante que não fizessem caso do que dissera. Os investigadores, evidentemente, voltaram ao tema da boneca, mas a pianista respondera que lera alguma coisa no obituário dos jornais, que sentia-se realmente exausta e a única coisa que podia dizer era que estava convencida de que a morta no táxi não era Rovena St., e sim outra mulher.

Embora as últimas frases estivessem sublinhadas na maior parte dos relatórios, na hora os investigadores permaneceram céticos, e talvez não tivessem voltado ao tema, nem à suspeita de assassinato, se não fosse outro depoimento, desta vez vindo do "lado" dele.

O depoente, ao que parecia, o único no gênero, era um antigo colega dele na faculdade. A conversa acontecera em Tirana, no segundo andar do clube Davidoff, num dia de fim de inverno meses antes do acidente.

De acordo com a testemunha, Bessfort estava sombrio. Inicialmente, respondera de modo confuso à pergunta sobre o que estava acontecendo. Problemas. Depois, ele próprio voltara à resposta deixada incompleta. Estava seriamente complicado... com uma moça.

Conhecendo o modo de ser do outro, o depoente não tentara saber mais. Fora Bessfort que, contrariando seus hábitos, voltara ao assunto. Cometera, ao que parecia, um erro. Pelo que a testemunha entendera, a própria ligação com a jovem fora errada. Para espanto do interlocutor, o outro usara até a palavra "medo". Medo da ligação, ou dela, da amada.

Depois de um prolongado silêncio, voltara a dizer que em algum ponto ele errara. E sem fornecer mais explicações acrescentou que tentaria sair daquele aperto. Confiava. Suas palavras ficaram cada vez mais obscuras. Confiava que quando chegasse a hora... quer dizer, no momento devido, saberia o que fazer.

O desabafo fora de um tipo que não admitia apartes. A expressão do rosto? Dos olhos? Frios. Ah, não, de modo algum os de um assassino. Eu quis dizer simplesmente frios. Impiedosos.

Os investigadores tinham retornado às suspeitas de Liza Blumb, inclusive as palavras quase delirantes sobre a boneca encontrada num bosque, dilacerada pelos cães, mas a pianista, talvez muito imaginosa e arrependida de ter falado em demasia, não quisera colaborar mais.

Isso não impedira a continuidade do inquérito, até com um zelo redobrado, agora que a pianista fora deixada de lado. Poucas vezes se vira uma suspeita de assassinato conduzir a filigranas tão remotas, a tal ponto que os investigadores perdiam de vista seu objetivo inicial.

Eles passaram um pente fino em tudo que sabiam, inclusive o material que surgira recentemente, com uma devoção que ia além do simples cumprimento do dever.

Retornaram aos dois depoimentos iniciais, o do casal holandês e o do motorista da Euromobil. À primeira vista pareciam coincidir (as portas abertas do táxi, os corpos arremessados), mas agora, depois de um cuidadoso exame, não. De acordo com os holandeses, os corpos das vítimas cruzaram o ar juntos, um nos ombros do outro, como se estivessem agarrados. Ao passo que o motorista do caminhão insistia que os corpos, ao voar, estavam separados.

Aquilo podia se dever a pontos de observação distintos, especialmente por causa da localização dos dois veículos na hora do acidente. O caminhão vinha logo atrás do carro, o que podia explicar que os holandeses tivessem enxergado as vítimas unidas e o caminhoneiro, afastadas.

Ainda assim, a explicação se sustentava a custo. Outros fatos, implacáveis, às vezes frases dispersas aqui e ali, ou entreouvidas ao telefone, conforme o testemunho da amiga na Suíça, reacendiam suposições opostas.

"Você finge estar calmo", escrevera ela em uma carta do último ano. "Eu preferia o seu nervosismo de antes, aquele nervosismo que me torturou tanto, em vez dessa tranquilidade assustadora."

Outra folha, aparentemente escrita em uma ocasião distinta, mencionava uma conversa telefônica na noite anterior: "Aquilo que você me disse à noite, mesmo podendo parecer humano, foi, como direi, horrendo, monstruoso, de uma frieza sideral".

Mais ou menos na mesma ocasião ela dissera à amiga na Suíça que estava muito triste. Por causa dele?, indagara a amiga, e ela respondera que sim, mas que não podia falar pelo telefone. "É muito difícil de explicar. Talvez impossível. Mesmo assim quando nos encontrarmos eu tentarei."

Não tinham se encontrado mais. Dois meses depois, ocorrera o acidente.

Indagada pelos investigadores sobre se alguma coisa a intrigara, a amiga na Suíça se calara por um longo período antes de responder. Naturalmente, percebera alguma coisa, mas era algo confuso. "Tenho um problema com o Bessfort", dissera algumas vezes a outra, porém eram frases genéricas, aliás a introdução mais comum em toda conversa entre as duas. Quando perguntara qual o tipo de problema, a outra dissera que não era fácil explicar. Depois de uma pausa, acrescentara: "B tenta me convencer de que não nos gostamos mais". "Que maneira de falar é esta?", perguntara a amiga. A outra silenciara. "E então?", insistira a amiga. "Ele quer que vocês se separem?" "Não", respondera a outra. "Não entendo; então o que ele quer?" "Outra coisa", fora a resposta do outro lado do fio. "Não estou entendendo", insistira a amiga. "Faz tempo que não entendo. Aquele seu cara eu nunca entendi, mas agora também não entendo você." "Talvez quando nos encontrarmos", dissera a outra, cerca de três semanas antes.

No meio de anotações com um jeito de diário da morta, ou de anotações de frases para cartas futuras, os investigadores tinham encontrado passagens relacionadas com o confuso diálogo entre as duas.

"Esperança de renascimento?", estava escrito numa página sem data. "Você faz como se me desse uma esperança de voltar a ser de repente aquele que foi. Ao escrever que alguma coisa para renascer precisa primeiro morrer, faz como se me aliviasse. Na verdade, afunda-me ainda mais na escuridão."

Na caderneta de telefones, três meses antes do acidente, estava escrito junto com um endereço de hotel: "Nosso primeiro encontro... depois do vazio. Estranho! Parece que ele me contagiou com aquilo que eu achava ser uma loucura dele".Os investigadores não entendiam patavina.

Uma semana antes do acidente, a agenda de bolso trazia outra anotação semelhante: "Sexta-feira, no hotel Miramax, nosso terceiro encontro *post mortem*".

Para se manterem no terreno das coisas tangíveis e precisas, os investigadores voltavam mais e mais vezes à última noite no bar do hotel Miramax, reconstituída escrupulosamente através do testemunho de garçons. A conversa dos dois, cara a cara, no canto mais escuro do bar. Os cabelos soltos dela. Depois, a partida à meia-noite, o retorno dele uma hora mais tarde. O rosto dele, com aquela calma fatigada dos homens que voltam ao bar depois de fazerem amor, dando um tempo para que a parceira adormeça, principalmente quando ela é mais jovem e necessita de mais de sono.

A seguir, em outro ritmo, as doses de uísque irlandês, o amanhecer, a encomenda de um táxi e a frase do motorista, monstruosamente fora do comum: *"Sie versuchten gerade sich zu küssen"*.

6.

No mundo inteiro a agitação dos acontecimentos na superfície opunha-se por completo ao silêncio nas profundezas, mas em parte alguma o contraste era tão grande como nos Bálcãs.

O vento assobiava sobre seus cumes, vergando imensos carvalhos e pinheiros, dando a impressão de que a península enlouquecera.

Entretanto, o que acontecia nas profundezas, na esfera dos sussurros e das investigações secretas, também poderia ser tomado por uma maluquice, frequentemente até mais grave que a da superfície.

Para olhos forasteiros, assim poderia parecer o zelo dos dois serviços secretos, que prosseguiam na verificação de algo semelhante a uma história de fantasmas.

Os primeiros a apresentar sintomas de fadiga foram os investigadores sérvios. Seus homólogos albaneses, que não o confessavam mas viam que tinham sido levados às cegas para essa história, para não ficarem atrás da concorrência, mal esperavam a ocasião para desistirem também.

Algum tempo depois, quando menos se esperava, uma mão sensitiva surpreendentemente conseguira penetrar mais uma vez nos mais profundos recessos dos arquivos. Uma mão com dedos longos, finos e também delicados, cujos tremores acentuavam as muitas marcas de coletas de sangue feitas por enfermeiras nervosas, que a custo encontravam as veias, chegara a folhear tanto os dossiês dos dois lados como centenas de outros testemunhos conhecidos e desconhecidos. Como resultado, apresentara-se um mosaico de assombrosa variedade, acumulada mês após mês e ano após ano. Aquilo que os serviços secretos dos dois Estados não tinham logrado, uma pessoa solitária, sem recursos, sem dinheiro nem a possibilidade de fazer ameaças, sem sequer o estímulo de alguma obrigação a cumprir ou proveito a obter, movida por uma simples inquietação pessoal e secreta, chegara perto de descobrir o enigma do quilômetro 17.

Tal como a visão de uma constelação, que vista de longe parece petrificada, mas para os que a habitam pode-se imaginar quantos vórtices terríveis e luminosos abriga em seu interior, também no dossiê do investigador, que nunca forneceu seu nome, achava-se alinhado, aparentemente ao acaso, mas na verdade em uma ordem secreta, um sem-número de fragmentos que compunham o mosaico. Naturalmente ali estavam todas as velhas informações, na maioria das vezes enriquecidas por novos detalhes. Os nomes dos hotéis, até os números dos quartos onde o casal tinha dormido, os depoimentos das faxineiras, dos barmen. E igualmente todo tipo de faturas, recibos de telefonemas, academias de ginástica, autoescolas, consultas médicas e receitas de farmácia. Como se não bastasse, figuravam ali fragmentos de dois sonhos de Bessfort Y., ao que parece contados por ele próprio a Rovena, um fácil de decifrar, o outro totalmente obscuro. E mais trechos de cartas, de diários, de diálogos telefônicos reconstituídos mais tarde, na maioria das vezes acompanhados de conjecturas e explicações, que embora parecendo contraditórias sempre se uniam em algum ponto para depois se distanciarem e aproximarem outra vez de modo ainda mais perturbador.

Com uma exatidão que lembrava os boletins meteorológicos dos noticiários noturnos, enumerava-se a partir das anotações da moça os dias felizes, as comparações feitas pelos dois de um hotel e outro, o escalonamento das doses, a hierarquia dos prazeres. Tudo era comparado com os testemunhos das faxineiras, que rememoravam o perfume usado pela moça, a lingerie esquecida sem cuidado ao pé da cama e as manchas nos lençóis mostrando que eles nunca se protegiam. Com minúcia talvez assemelhada figuravam as horas de tédio, na maioria causadas por irritadas conversas com ele ao telefone, pelas queixas dela, as aflições. Entre os dois estados havia um terceiro, mais difícil de desvendar, uma zona cinzenta, coberta de névoa.

E fora exatamente a palavra "zona" que ela utilizara em uma das raras cartas que escrevera à amiga na Suíça.

"Agora nos encontramos em outra zona. Não seria nenhum exagero se eu dissesse outro planeta. Regido por outras leis. Ela tem algo de gélido, de amedrontador, naturalmente, ainda que, devo admitir, tenha também um lado atraente, desconhecido... Sei que a espanto com estas palavras, mas espero explicá-las quando nos encontrarmos."

"Como os senhores sabem, não nos vimos mais", foi o comentário da destinatária na Suíça.

Outra carta, escrita duas semanas antes do acidente, era ainda mais confusa.

"Estou paralisada. Ele continua a ter um poder hipnótico sobre mim. Coisas que no início me parecem absurdas são exatamente aquelas que aceito mais depressa. Ontem à noite ele me disse que toda aquela incerteza e incompreensão entre nós nos últimos tempos vinha da alma. Agora que a tínhamos posto de lado, podíamos dizer que estávamos salvos. Entender-se com o corpo sempre é mais fácil. Você com certeza vai desconfiar que estou lidando com um louco. Eu também tive essa impressão no começo. Depois, não. De qualquer forma, vamos nos ver em breve e você me dará razão."

Por horas a fio o investigador deixava-se mergulhar nessa torrente caótica. A alma conduzindo à incompreensão. O encontro após a morte, qualificado de *post mortem*. Outras palavras obscuras. Havia ocasiões em que cada uma delas parecia ser a chave para a descoberta da verdade, às vezes, ao contrário, a que fecharia as portas para sempre.

Fora precisamente o encontro antes da morte, aquele qualificado de *post*. E como se aquela inversão não bastasse, a carta, ou mais exatamente o bilhete final de Bessfort Y., encontrado na bolsa da moça no dia do acidente, a mensagem perturbadora que começava com as palavras "Sobre as condições, tudo ok, como da outra vez?", justamente a carta que causara o impulso no inquérito dos serviços secretos ligava-se a este exato último encontro no hotel Miramax.

Uma conversa telefônica com a amiga da Suíça, que ela jamais teria cogitado revelar, estando certa do contrário, este conturbado telefonema só se explicava depois da leitura do "bilhete cínico", como fora apelidado na maioria dos relatórios, e com a ajuda dele.

Como você pode me pedir que eu não me aborreça? Pensa que isso são ninharias, em comparação com a felicidade que ele me traz? E se eu lhe dissesse que ele me trata quase como uma prostituta?

Ele ousa tratar você como uma prostituta? Você tem consciência do que está dizendo? Você me surpreende.

Tenho plena consciência. E repito: embora ele use *call girl* no lugar da palavra puta, trata-me simplesmente assim, como puta.

E você aceitou uma coisa dessas?

Sim...

Você realmente me surpreende. E, para ser sincera, mais do que ele é você que está me deixando pasma.

Tem razão. Embora você não saiba de toda a verdade. Talvez tenha sido um erro eu falar assim pelo telefone. Vou esperar nos encontrarmos.

Escuta, Rovena. Não é preciso uma grande explicação para compreender que, se ele a trata como uma puta, não é à toa. Ele quer a todo custo te insultar.

Naturalmente, é o que ele quer. Apesar de que...

Não tem apesar. Humilhação é humilhação.

Deixe eu dizer, talvez seja mais complicado que isto. Você lembra quando conversamos sobre o filme *A dama das camélias*, em que o personagem, embora amando a moça, em uma explosão de cólera deixa um punhado de dinheiro sobre o travesseiro para insultá-la?

As coisas chegaram a esse ponto?

Não... espere... Coisas assim acontecem no amor.

Rovena, não tente me enganar. Brigas de amor acontecem, até entre os animais, mas são explosões momentâneas. Enquanto ele, pelo que entendi, faz isso sem nem ligar, a sangue-frio.

É verdade. Faz... Mas por quê?

Por quê? É exatamente o que eu não consigo entender. Talvez ele tenha alguma coisa contra você. Uma ânsia de vingança. Uma... não sei o que dizer.

Não. Não é isso. Eu, em certas ocasiões, a custo me contenho. Ele não.

Ele quer rebaixar você. Derrubar, matar moralmente... para não dizer fisicamente... Não entende?

Mas por quê? Por que ele quer isso?

Isso lá é ele quem sabe. Você me disse que tem medo dele. Talvez ele também tenha medo de você.

Medo do quê?

Não sei. Vocês dois sentem medo um do outro. Não medo, mas terror... Rovena, minha querida, pense bem neste assunto. Não quero angustiar você, mas tenha cuidado! Estou com uma sensação ruim.

7.

Não era fácil descobrir qual ponto do material investigado levara os serviços secretos a esboçar um retrato de Bessfort Y. Às vezes dava a impressão de que tinham sido os nomes dos hotéis, principalmente quando o próprio hotel, ou a cidade onde ele ficava, referia-se a "terroristas albaneses", como os iugoslavos classificavam os insurgentes albaneses, que eventualmente se hospedavam por acaso nos mesmos lugares. Porém era possível que se tivesse aproveitado também um esmiuçamento mais meticuloso, empreendido pelos chamados "psis" e concentrado principalmente nos diálogos entre Rovena St. e suas amigas. Assim, sonhos sobre convocações a Haia ou as palavras "Tenha cuidado, estou com uma sensação ruim" com certeza tinham sido destacadas.

Entretanto, o bilhete final de Bessfort Y., agora batizado de "cínico" e traduzido para a maioria das línguas oficiais do Conselho Europeu,* às vezes acompanhado por uma anotação sus-

---

* São vinte e três os idiomas oficiais dos órgãos da União Europeia, desde a inclusão do irlandês, em 2007. (N. T.)

peitosa — "Será que a tradução é fiel? As palavras "condições" e "ok" terão o mesmo matiz linguístico no original albanês que possuem nos outros idiomas?" —, era citado em todos os documentos sérvios, tratando de comprovar que o analista Bessfort Y. era, entre outras coisas, um temível esquizofrênico.

Na lista elaborada pelos serviços sérvios, com vinte e nove personagens cujas intervenções sobre os massacres em Kosovo tinham logrado confundir os governos ocidentais, o nome de Bessfort Y. era como um pontinho apagado ao lado de estrelas de primeira grandeza como Clinton, Clarck, Albright e outros. Ainda assim, quando se tratava das obscuras motivações, muitas vezes com origens pessoais, que tinham impulsionado esses homens contra a pobre Iugoslávia, Bessfort Y. era o único a ombrear com o presidente americano. A história dele com Monica Lewinsky dava a sensação de um idílio inocente em comparação com a ira monstruosa do analista albanês, a quem a ruína de um Estado europeu oferecia aparentemente o mesmo deleite que o domínio, ou melhor, a submissão da mulher. As palavras "Quando a Sérvia tombou de joelhos você veio de novo para cima de mim", conforme os documentos, não deixavam a mais ínfima dúvida sobre o comportamento pervertido do analista.

O investigador desconhecido decifrava o zeloso trabalho dos serviços secretos, depois que o drama terminara, com mais precisão que todas as investigações precedentes. Era verdade que o pano caíra e o Tribunal de Haia estava prestes a condenar o ex-chefe sérvio, e no entanto a onda de arrependimento europeu não retrocedia. Exigiam uma revisão do julgamento. Os gritos de "a Haia!", "a Haia!" soavam até com frequência crescente, visando porém não os vencidos, e sim os vencedores. Como escrevera um historiador, a Sérvia esperava não pelas armas, mas, invocando a piedade e os escombros, a volta de Kosovo perdida.

Como contrapeso para as passagens mais nebulosas e enigmáticas, esse pedaço do inquérito era de uma precisão exemplar. Era um não acabar de nomes, datas, títulos de jornais, citações de notícias, declarações, desmentidos, mais nomes, enumerados a despeito de terem posições muitas vezes contrárias. Alain Dusselier, William Walkner, Tony Blair, Günter Grass, Noam Chomsky, André Glucksmann, Harold Pinter, Bernard-Henri Lévy, Paul Garde, Peter Handke, Pascal Bruckner, madre Teresa, Ibrahim Dominique Rugova, Seamus Heaney, o papa João Paulo II, Patrick Besson, Gabriel Keller, Ismail Kadaré, Cklaude Durand, Bernard Kouchner, Régis Debray, Jacques Chirac "Pontifeks" (defensor das pontes de Belgrado), Bogdan Bogdanovitch "Pontikrash" (arquiteto, idealizador da derrubada das mesmas pontes), o Dalai Lama, o cardeal Ratzinger *et cetera*.

De acordo com o investigador desconhecido, já haviam arrefecido tanto o reconhecimento sérvio aos defensores como o ódio aos devastadores, que, segundo os ritos balcânicos, perdurariam durante séculos. A nova geopolítica da península, o pacto de estabilidade, a fila formada às portas da Europa por aqueles Estados birrentos, aliados e inimigos de ontem, para entrarem juntamente na sonhada família, haviam acarretado aquilo que parecia impossível. Juras de vingança, cóleras e suspiros agora eram recordados mais como curiosidades que com rancor.

Alguns boatos da época recuavam devagar, como aquele mais obstinado, de que teria sido madre Teresa a incitadora do bombardeio da Iugoslávia,* havendo até quem mencionasse um telefonema seu ao presidente americano, à meia-noite: "Meu filho, faça algo pelos meus albaneses, castigue a Sérvia". Ao passo que pelos cafés o presidente carrasco continuava como antes a figurar numa música:

---

* Madre Teresa de Calcutá tinha nacionalidade albanesa, embora nascida na Macedônia. (N. T.)

Fode com a Sérvia, Bill,
Segue o conselho daqui.
Mais fácil foder com a Sérvia
Que com a Monica Lewinski.

O próprio investigador, tão preocupado em permanecer à margem e imparcial, repentinamente dava a impressão de uma certa ânsia de escapar daquele cenário épico do desenrolar dos acontecimentos para passar a outra coisa.

8.

O inquérito recordava no momento um avião que passara de um céu sem nuvens para uma área de turbulência. Suposições obscuras que despertavam suspeitas, frases de duplo sentido, diálogos indecifráveis, extraídos da lembrança de telefonemas, afloravam e submergiam em torvelinho. Você mencionou na última carta ficar de joelhos. Será que você sonhou uma coisa dessas, nem que seja por um instante? Não sabe que de joelhos eu seria mais perigoso? E ela: Cansei, acredite, deste desentendimento entre nós. Ele: Não há motivo para quebrar a cabeça com uma coisa dessas. É um problema que vem do corpo, não da alma. Você me disse ontem que eu devo "obedecer ao pacto entre nós". Que pacto é esse? É a primeira vez que ouço falar dele. É? Se você me considera realmente como companheira, deve ser mais explícito. Tem razão. Mas pensa que é fácil? Nesta história tudo fica cada vez mais turvo. Você já ouviu falar de Empédocles? Hum, o nome me lembra alguma coisa, mas não tenho certeza. Eu também sei pouco. É um filósofo da Antiguidade que, impelido pela curiosidade de ver pela primeira vez aquilo que um olho humano jamais vira, atirou-se na cratera do Etna. Ah, é? E o que isso tem a ver com você? Não comigo, mas conosco. Continuo sem entender. Então, um dia, quando ele me disse que nós estávamos experimentando algo desconhecido, lembrei desse famoso Empédocles. Rovena, não estou entendendo você. Será que enfiou na cabeça de nos atirarmos de algum abismo, só porque algum maluco fez isso cinco mil anos atrás? Não se precipite. Não sou cabeça de vento a ponto de propor uma coisa dessas. Foi apenas uma comparação. Uma metáfora, como aprendemos na escola. Evidentemente é de dar medo. Foi só você dizer e eu senti calafrios. Um sujeito se atirar na lava por curiosidade... Bela curiosidade, com os diabos! Por que você imaginou a cratera assim, incandescente? O quê? Eu queria dizer: a cratera, você pensou nela com lava ou sem lava? Que importância tem isso? Quando se fala num vulcão, o pensamento conduz à lava. Já eu imaginei o vulcão extinto, escuro, sem esperanças. E ele me pareceu duas vezes mais horrendo assim. Espere: ele disse que era assim que se concebia a queda através de um buraco negro, para sair em outras zonas... Escuta, Rova, escuta, querida, não me leve a mal. Você faria bem de vir o quanto antes passar uns dias aqui, descansar. O ar dos Alpes vai lhe fazer bem. Vamos nos divertir, as duas, como antigamente. Vamos rememorar os bons tempos da faculdade. Você lembra dos versos daquele cara de Durres, do curso paralelo?

Rova é um antibiótico,
Sigla da Rovamicina,
Já Rovena é uma gata,
Como todo mundo ensina.

Com as palavras da jovem, "tenho medo", ecoando mais que as outras em sua mente, o investigador começou a examinar a parte do depoimento do motorista de táxi. Tenho medo e não sei do quê, não sei por quê, dissera ela. Finjo que não tenho medo dele. E ele também finge que não me dá medo. Enquanto nada disso é a verdade.

Por que você ficou tão abalado com aquilo que viu ou acreditou ter visto pelo retrovisor?

A pergunta, apesar de tomada de empréstimo de escrivãos do passado, nada perdera de sua pesada sombra.

Aquilo trouxe alguma coisa à sua lembrança? Mesmo confuso, mesmo indiretamente? Alguma oposição, algum "não", algo que não era para se fazer?

Não sei dizer. Não tenho certeza

Você teve medo?

Tive.

Todos tinham tido medo naquela história. Com ou sem motivo. Um do outro, de si próprio, de não se sabe quem.

Um pedaço do medo havia circulado pelo retrovisor do táxi. O resto não se sabe por onde passara.

O investigador tinha por fim conseguido não só se encontrar com Lulu Blumb mas também convencê-la a falar e completar seu testemunho. Era difícil refutar a suspeita dela sobre um assassinato. Mas tampouco era fácil aceitá-la.

A mulher mal escondia a irritação. Vocês são cegos ou fingem que são?, disparava diversas vezes. Segundo ela, o perfil psíquico do assassino estava na cara. A prova era o sonho dele ou, mais exatamente, o temor do Tribunal de Haia manifestado durante o sonho.

O investigador tinha vontade de interrompê-la e dizer que Haia metia medo em muita gente naqueles tempos. Sérvios, croatas, albaneses, montenegrinos, era possível dizer que toda a Península Balcânica estremecia com a ideia. Mas o investigador se conteve.

A mulher prosseguia: não era apenas aquela história sobre a convocação judicial, mas também o outro sonho, aquele que passara a ser chamado de indecifrável, misterioso *et cetera*. Para Lulu Blumb, ele não tinha mistério nenhum. Como o senhor investigador com certeza sabia, o sonho tratava de um monumento funerário, alguma coisa entre um mausoléu e um motel, em que o sujeito vinha bater, à procura de alguém. Alguém que é uma moça, conforme se sabe depois. Que está encerrada ali, congelada, ou, em outras palavras, assassinada.

De acordo com o inquérito, Bessfort Y. tivera aquele sonho uma semana antes de morrer. Pela lógica, ele deveria ter sonhado mais tarde, depois de dar cabo de Rovena. Mas, como o senhor investigador devia saber (talvez até melhor do que ela), um deslocamento desse tipo é mais que corriqueiro no mundo do sono. O sonho mostrava, melhor que qualquer outra coisa, que a decisão de desaparecer com Rovena já estava tomada na consciência de Bessfort Y.

O investigador escutava a pianista com uma tremenda curiosidade, tanto quando acreditava nela como quando não. A mulher tinha uma capacidade especial, trazida talvez pela música, de criar um clima com sua narrativa, sobretudo se a narrativa era imaginária. Toda vez que ela se referia ao último sonho, por exemplo, não esquecia de mencionar a claridade à meia-noite, que não se sabe se provinha da alva argamassa ou da desesperança.

E em cada ocasião em que aflorava a descrição dos acontecimentos da manhã de 17 de outubro, ela produzia na mente do investigador uma fadiga febril e inextinguível.

Reconstituía dezenas, centenas de vezes os passos de Bessfort Y. em meio à chuva e à névoa, abraçado a uma forma feminina que não sabia se era real ou falsa.

Capturado pela armadilha dessa cena, o investigador a custo

conseguia escapar para fazer a pergunta: E depois? Em sua visão o que aconteceu depois?

Presa em sua própria arapuca, Lulu Blumb não parecia desejosa de responder. O investigador encadeava novas perguntas com seus botões, pensando que a qualquer momento ela poderia fechar a cara e deixar de ouvi-lo, sabe-se lá o que ocorreria se ele indagasse em voz alta. Então, senhora Blumberg, o que aconteceu depois?, prosseguia para si próprio. Sabemos que ela o acompanhava ao aeroporto, mas não viajaria. Então, sabemos que o que quer que possa ter ocorrido aconteceu no táxi, no trajeto do hotel para o terminal do aeroporto. E de fato algo se deu, mas com o táxi e seus ocupantes. É mais ou menos como se imaginássemos que enquanto dois Estados travam uma guerra todo o globo terrestre experimenta uma catástrofe... Será que a senhora pensa que um assassinato é um assassinato, seja ele perpetrado ou apenas concebido? Às vezes também acho isso. Mas, mesmo neste caso, tentemos reconstituir a cena imaginada pelo assassino, independentemente de saber se foi ele próprio ou algo externo a ele que consumou a morte. Uma vez que o táxi deixou o hotel, as possibilidades são limitadas. A não ser que, no trajeto, tenham parado em algum lugar, numa casa, num lugar discreto... Motorista, por favor pare aqui... Iremos um instante ali naquela capela...

Lulu Blumb suspirara, dando a entender que os dois pensavam de modo totalmente distinto e nunca se entenderiam quanto a nada.

Mesmo assim a senhora pode dizer o motivo do crime, dissera em voz alta o investigador, certo de que ela lhe daria as costas.

A pianista, longe de se encolerizar, subitamente pareceu desarmar-se. Num tom baixo, começou a dizer que fazia tempo desejava falar daquilo, mas ninguém queria escutá-la. Ela contara dos telefonemas à meia-noite, do Shin Bet, o serviço secreto israelense, do temor pelo Tribunal de Haia, mas os investigadores faziam-se de desentendidos. Estavam apavorados, logo se via, Bessfort Y. era um perigo para qualquer um que se aproximasse dele. Mais ainda para uma moça que dormia com ele. Aparentemente ele contara a ela coisas que não devia e depois se arrependera. Sabe-se o que acontece quando um homem perigoso se arrepende. Há mil anos se sabe: some-se com a testemunha. Rovena St. sabia coisas de arrepiar. Se eu contasse aqui uma só delas, deixaria seus cabelos em pé. E se eu dissesse, por exemplo, que ela sabia com dois dias de antecedência, e quase com exatidão, os horários dos bombardeios contra a Iugoslávia? Entende agora por que não quero falar dessas coisas?

Ao ritmo das declarações da pianista, o depoimento ia se tornando mais longo, dilatado e nebuloso. Aqui e ali despontavam esforços do investigador para sair do nevoeiro, e em seguida surgia, igualmente visível, seu desejo de voltar a se esconder na névoa.

Por fim a pergunta sobre quem seriam, afinal, os dois personagens principais, Bessfort Y. e Rovena St., surgiu com clareza no meio do dossiê. Duas pessoas comuns, que representavam, fingiam um caso de amor, conforme todos os clichês conhecidos, e na verdade não passavam de um casal vulgar, ordinário, o cliente e sua prostituta, ou, ao contrário, dois enamorados de luxo, que como os príncipes de outros tempos passeavam incógnitos pelas cidades, disfarçados em roupas plebeias, buscando camuflar seu amor atrás de uma aparência de puta e mulherengo?

Em outra reflexão, mais profunda, o investigador tinha a impressão de que Bessfort Y. e sua amiga não passavam de duas criaturas que abandonaram a ordem das coisas.

Justo nesta parte do dossiê o investigador, como alguém que, ao trilhar uma senda cheia de meandros, cuida de ir deixando sinais, pedrinhas ou cinzas, pela primeira vez fazia um esforço para chamar a atenção sobre si. Depois das palavras "e eu, quem sou, para aventurar-me onde não devo?", assinalava: "Procure-me e me encontrará".

Ao que parece convencido de que um outro investigador viria a seguir, e depois outro ainda, numa repetição sem fim como as ondas do oceano humano, instigada por uma investigação dessa espécie, o autor da análise dirigia-se a seu homólogo do futuro. Quanto mais se liam suas palavras, mais elas soavam como o queixume de alguém que por sua livre vontade foi cair numa armadilha, num poço profundo de onde implora que o tirem dali.

9.

No epílogo da primeira parte do dossiê, o investigador retornava àquilo que denominava "truque essencial" de toda a história.

Não eram apenas as falas, as frases dos diálogos e os escritos que soavam estranhos. Em outras palavras, não era apenas o teor do discurso que parecia ter sofrido um desfalecimento, devido a algum golpe súbito ou uma toxina, mas sua própria massa, sua lógica interna parecia deformada. Mesmo o texto sendo revisto, ou até convertido para um linguajar usual, as marcas do desnaturamento ainda aflorariam, testemunhando que o dano atingira uma camada profunda, essencial.

Tal como o técnico que desce aos subterrâneos da terra para achar um defeito na rede de cabos, por anos a fio o investigador procurara essa essência.

Suas anotações refletiam tanto os sofrimentos dos dois mortos como seu próprio calvário. Aquela apresentação invertida de tudo ora lhe proporcionava uma embriagadora libertação e uma nova visão do mundo, ora o petrificava por completo.

O que fizera os namorados aceitarem tal perversão?
Quando se fala da morte no amor, subentende-se o esfriamento. Mas este nunca atinge os dois de modo igual. Sempre era um que sentia, ao menos no início, o peso do sofrimento.
Naquele caso tudo era distinto. De modo que a pergunta poderia se apresentar de outra forma: estariam os dois em estado *post mortem* ou apenas um deles?
Evidentemente devia ser apenas um. Em outros termos, um conseguira levar a melhor sobre o outro. O que se desconhecia era qual dos dois fora sobrepujado.
O investigador retornara dezenas, centenas de vezes à pergunta: o que fizera os dois perpetuarem como algo natural uma situação sem paralelo neste mundo? O que sabiam, o que enxergavam eles que os outros nem distinguiam? Que lei secreta tinham descoberto, que sentido, que fluxo distinto do tempo? Ele estava bem próximo da borda, um passo mais e entraria em uma nova esfera de conhecimento, mas esse último passo era precisamente o mais impossível.
Por dias inteiros quebrara a cabeça em busca de qual teria sido aquela corrente que mantinha seu pensamento confinado a um limite, como uma fera. A suspeita de que os dois teriam conseguido desacorrentar a fera, nem que fosse por uma fração de segundo, o assaltava morbidamente. Tinham querido superar o limite e bem ali tinham se perdido.
Em certos dias parecia-lhe que o episódio se ligava de alguma forma com a célebre dúvida sobre o amor, se ele existia realmente ou se era apenas um estado doentio, uma nova alucinação, manifestada neste planeta há apenas cinco ou seis mil anos, restando saber se o globo terrestre o assimilaria ou o rejeitaria como ocorre com um corpo estranho.
Faziam-se advertências sobre a camada de ozônio, o avanço da desertificação, o terrorismo, mas nunca se ouvira um único

alerta sobre a fragilidade do sentimento amoroso. Umas poucas seitas tinham surgido talvez para testemunhar sua existência ou inexistência, e aqueles dois, Bessfort Y. e Rovena St., aparentavam pertencer a uma delas.

Numa noite de verão repleta de estrelas, repentinamente ele se sentira mais próximo que nunca do território proibido, mas justo no seu limiar tombara para trás, como se tivesse sofrido uma convulsão.

Ele passara todo o verão assim, num melancólico abatimento, como os que afetam os hospitalizados.

Decidido a não correr riscos, tinha hesitado diante de uma nova tentação: com base em sua vasta investigação, tentar reconstituir, dia após dia, mês após mês, a crônica terrena do que poderia ter acontecido entre Rovena St. e Bessfort Y. nas quarenta derradeiras semanas de suas vidas. Ele sabia que, como ensinara Platão, aquela crônica não passaria de um pálido reflexo do modelo eterno, mas não o abandonava a esperança de que as aparências, por mais confusas que fossem, o aproximariam do modelo.

Era apenas um desejo, recuperar as quarenta semanas finais. Parecia impossível. Era um projeto que germinava, relampejava e não convencia.

Às vezes tinha a impressão de que talvez pudesse dominá-lo melhor caso o dividisse em dias e meses, ou, mais ainda, em atos, ou cânticos, como nas epopeias antigas.

Ouvira falar que eram necessários quatro dias para declamar a *Ilíada*. Talvez fosse o bastante para sua história. Como qualquer narrativa, ela deveria atravessar três fases: concebê-la, vesti-la com palavras e por fim narrá-la aos outros.

Um pressentimento lhe dizia que só estaria apto para a primeira.

Assim, em uma noite de fim de verão, começou efetivamente a concebê-la. Mas a concepção, além de penosa, trazia consigo tanta ânsia e nostalgia que o extenuou como nunca em toda a sua vida.

SEGUNDA PARTE

1. Quadragésima semana. Hotel. Manhã.

Como lhe acontecia com frequência nos hotéis, o despertar pareceu chegar pela janela. Por uma fração de segundos, os olhos se fixaram nas cortinas, como se tentassem descobrir por meio delas em que hotel estava. Porém nada se esclarecia, nem sequer em qual cidade estava. Quanto ao sonho, que acabara de ter, pareceu-lhe que ainda conseguiria reproduzi-lo com exatidão.

Voltou-se para o outro lado. Sobre o travesseiro os cabelos de Rovena, confusamente espalhados, faziam com que não só seu rosto mas também os ombros descobertos parecessem mais frágeis.

Bessfort Y. sempre tivera a impressão de que a nuca e os braços nus das mulheres, com sua aparência delgada, pertenciam à mesma categoria dos artifícios bélicos que um exército costuma usar para enganar o outro.

Nove anos antes fora assim que Rovena lhe parecera, ao sair do banheiro para estender-se a seu lado: frágil, como se fosse quebrar entre os braços dele, facilmente dominável. Mais abaixo estava o busto, também pequeno, como o das adolescentes, sem dúvida outra parte do artifício. A seguir vinha o ventre, mais um embusteiro. Ao fim dele, escura, ameaçadora sob os pelos negros, esperava a última trincheira. Ali ele fora vencido.

Cuidadosamente, para não despertá-la, ergueu a colcha e, tal como em outras dezenas de vezes, contemplou seu ventre e o lugar de sua rendição. Era sem dúvida o único lugar do mundo onde a felicidade dependia de uma debandada.

Cobriu-a de novo com a mesma delicadeza e olhou as horas. Dali a pouco ela acordaria. Talvez ele ainda tivesse tempo de lhe contar o sonho, antes que este escapasse e se tornasse inarrável.

Quantas vezes tudo aquilo se repetira, por todos aqueles hotéis? Fez o comentário para si, sem saber ao certo o que seria na verdade "tudo aquilo".

No sonho viu-se almoçando com Stálin. Tudo lhe parecera tão natural que não sentira maior espanto nem com a substituição do rosto do comensal pelo de um colega de ginásio, um certo Thanas Redja. "Hoje faz quatro dias que minha mão direita está dormente", dissera Stálin, empurrando-lhe uns papéis. "Assine você estes dois decretos."

Enquanto assinava o primeiro, desejara perguntar do que se tratava, mas o outro se adiantara: "Dê uma espiada, se quiser, embora seja secreto". Não sentiu maior interesse, porém, mais por gentileza, passara os olhos pelo segundo tratado. Era uma complicação só, cheio de artigos que se excluíam uns aos outros, e então voltara a lembrar de Thanas Redja, que, depois de levar duas notas baixas em história, largara a escola precisamente no momento em que se falava do Pacto de Não Agressão Germano-Soviético, às vésperas da Segunda Guerra Mundial.

Que sonho maluco, disse consigo. Tinha a impressão de que houvera uma sequência, mas decididamente não lembrava qual. Os olhos foram outra vez das cortinas para o rosto de Rovena.

Achou ter distinguido uma inquietação, leve como uma borboleta, nas pálpebras ainda cerradas, prenunciando o despertar. Como habitualmente ele se levantava primeiro, muitas vezes fitara o rosto adormecido dela, convencido de que uma mulher enamorada abre os olhos distintamente das outras.

Rovena não acordou e ele, depois de se erguer, aproximou-se da cortina e olhou imóvel para a rua, onde as árvores deixavam cair tufos de folhas amareladas.

Sabe-se lá por quê, sua mente começou a enumerar os nomes dos hotéis onde os dois tinham dormido. Plazza, Interkont, Pallace, Don Pepe, Sacher, Mariott. Seus anúncios luminosos cintilavam palidamente, azul, laranja, avermelhado, e por mais de uma vez ele se perguntou por que tamanha inquietação. E por que aquilo lhe vinha à memória, como se pedindo socorro a alguém?

Sentiu frio nos ombros e voltou-se para entrar no banheiro. Em torno do grande espelho havia outra discreta cintilação, desta vez dos artigos de toalete, perfumes, escovas, cremes. Sem dúvida esses objetos tinham se impregnado do rosto dela com o passar dos anos.

Um dos momentos mais belos dos dois era quando ele se sentava ao lado da banheira em que ela se banhava. Sob a camada de água, a mancha do púbis mudava de aspecto constantemente, conturbava-se, cheia de segundos sentidos. Enquanto a contemplava assim, parecia-lhe que justamente naquela fluidez haveria de começar o afastamento feminino.

"No que você está pensando?", perguntava ela. Depois, correndo um olhar oblíquo de seu próprio corpo até os olhos dele, dizia: "Não quer sair um pouco para eu me arrumar?". Da cama, a esperá-la, ele a ouvia cantarolar a meia-voz alguma música conhecida.

Na noite anterior o ritual se repetira, quase como um relógio, como sempre, e apesar disso ele voltara a lhe dizer as palavras que usara na rua: algo já não era como antes.

Quando ele saiu do chuveiro, Rovena ainda não acordara. Até a claridade em seu semblante que prenunciava o despertar não estava ali. As maçãs do rosto e toda a fronte pareciam opacas. Lembrou sua primeira visita, anos atrás. Ela sentara numa cadeira, vinda de uma noite insone, conforme explicara mais tarde, com um brilho nas faces em moda na época, semelhante ao resquício de um sonho. Olhara-o direto nos olhos, para dizer o que viera pensando; eram os versos de uma música francesa: *J'ai tant rêvé de toi.**

Nunca ninguém tinha lhe expressado o amor de maneira tão natural e direta.

"Vou te querer a vida inteira. Desesperadamente tua." As palavras, que ele sabia terem sido ditas ou escritas mais tarde, pareciam aderentes tal como o brilho nas faces naquele primeiro encontro.

Novamente como se buscasse ajuda, ele trouxe à lembrança as boates, com luzes e nomes sonoros: Kempinski, Kronprinz, Negresco. "Meu Deus, como sou feliz com você. Só você me dá esta felicidade." Ele tinha a sensação de não ter apreciado devidamente aquelas palavras, mas tranquilizou-se com a ideia de que talvez seja sempre assim que as coisas acontecem neste mundo.

Uma lufada de vento levantou os tufos de folhas em torno dos postes de ferro. Não algumas coisas, nada é mais como antes, pensou ele.

Quando ela lhe dissera mais ou menos aquelas palavras ao se aproximarem do hotel, seus olhos tinham pestanejado como se confessassem uma culpa. "E então....", começou a falar. De-

---

* *Sonhei tanto contigo*, em francês no original. (N. T.)

pois, num repente, se retraíra. "Para mim não", apressara-se em responder. "De modo algum."
    Ela repetira as palavras, mas em vez de sossegá-lo elas o penetraram como pregos cravados em seu corpo.
    "Para mim não. Talvez para você", repetira ela.
    "Para nós dois", respondera ele.
    Voltou a cabeça num impulso, pois pareceu-lhe que ela despertara, e em seguida ocorreu-lhe a continuação do sonho com Stálin.
    Ali estavam os dois de novo, dessa vez no Monastério de Novodievitchi.* Era difícil avançar em meio às sepulturas. Stálin levava umas flores na mão e procurava, aparentemente havia algum tempo, o jazigo de sua mulher.
    Pensou que dali a pouco o outro diria: "Ponha você as flores, estou com a mão dormente". Mas Stálin era pura irritação. Os olhos gelavam. Quisera não estar ali quando ele se lançasse sobre o mármore e urrasse: "Traidora, por que você me fez isso?".
    Ele quase adivinhava o que o outro tinha em mente. "Você se queixava de meus crimes, não é? Mas se você fosse sincera não teria me deixado só. Para fazer a matança. Sozinho nesta estepe. Neste horror."

---

* Erguido em Moscou no século XVI e transformado pela Revolução de 1917 em Museu da Emancipação da Mulher, em seu cemitério foram enterradas várias personalidades da era soviética. (N. T.)

2. Mesma manhã. Rovena.

Era a primeira vez que eu fingia estar dormindo. Por quê? Nem eu sabia. Ocorreu-me espontaneamente, como acontecia quando eu era criança e achava que, se mantivesse os olhos fechados, me adiantaria aos que tinham acordado.

Senti quando ele tocou meus cabelos e depois moveu a colcha para ver meu ventre. Exatamente naquele momento, quando eu queria dizer "Acordou, querido?", fiz o contrário: fechei com mais força as pálpebras. E, tal como quando criança, quando vigiava meus pais em segredo para saber se ainda estavam zangados com a minha travessura da véspera, cravei os olhos, mais que nele, em suas costas. Ele expressava seu mau humor em tudo, mas eu achava que as costas concentravam toda a sua irritação.

Na verdade eu o conheci assim, pelas costas. Inclusive, poderia acrescentar, o que me causou impressão não foram seus olhos, a voz nem o andar, como em geral acontece, mas justamente suas costas.

Alguém que me ouça vai me achar doida, ou uma dessas

cabeças-ocas que fazem o que podem para parecer originais. Na verdade não é isso.

Está vendo aquele ali, caminhando em direção à porta da rua? É Bessfort Y., de quem falamos ontem. O que se meteu naquela confusão com Israel? Ele mesmo, e parece que por causa disso vão afastá-lo da universidade, se é que não farão coisa pior.

Eu estava curiosa, mas ele passou pela porta sem se voltar, de modo que guardei na memória apenas o escuro retângulo de suas costas. Elas pareceram-me pesadas, angustiadas. Às vezes acho que a minha turbulenta atração por homens problemáticos talvez tenha nascido precisamente ali.

Agora, tantos anos depois, as costas dele diante da janela do hotel continuam tão escuras e incompreensíveis como naquele tempo. E as palavras mortificadoras, de que nada era mais como antes, que já no restaurante ele julgara intoleráveis, agora, filtradas através das costas, pareciam dez vezes piores.

Rovena moveu-se devagar na cama. Mas não conseguiu divisar algo mais de seu novo ângulo. As costas eram as mesmas de antes, apenas mais escuras devido à luz na janela. Dir-se-ia que a história retrocedera ao ponto onde começara.

Como em outros momentos de prostração, Rovena quis se lembrar de algo oposto, situações e palavras agradáveis. Para seu espanto, em vez delas ocorreram-lhe brigas, principalmente as telefônicas, que costumavam ter duas versões: a primeira, a que acontecera, e a outra, a que Rovena transmitia a sua amiga na Suíça. Esta última soava muito diferente, por causa das frases que ela não chegara a pronunciar mas pensara depois, até com acréscimos de convicção, e agora se aderiam naturalmente à narrativa. Ele contesta minha queixa permanente quanto à sua natureza dominadora (Você fez de mim sua escrava, apequenou-me, faz de mim o que quer). Diz-se que os homens presunçosos se aprazem secretamente de tais acusações. Ele, ao contrário, as repele.

Não se orgulhava de escravizar-me. Assim agiam todos os bigodudos do Oriente e dos Bálcãs. É muito difícil brigar com ele. Às vezes, bem no meio da disputa, te dá vontade de abraçá-lo. Em casos assim Rovena fazia um esforço para resistir à emoção, porém nunca conseguia. Repetia consigo: Ele a acorrentou; chama-a de princesa, mas sabe muito bem que na verdade o príncipe é ele e você não passa de sua escrava. Digo essas coisas no meu íntimo, mas na realidade nada muda. Entende? Não é fácil de entender, respondia-me a amiga de Berna. Compreendo quando você diz que quando estão juntos as coisas correm maravilhosamente e pelo telefone azedam; apesar de que comigo acontece o contrário; somos só doçuras ao telefone e quando pomos os olhos um no outro começam a sair as chispas. Isso eu entendo, querida, mas o resto, essas outras histórias de escrava e senhor, me parece exagerado. Eu sei, sei que os problemas dos outros sempre parecem assim. Às vezes as explicações para a amiga a esgotavam tanto quanto a própria briga. Estou tentando falar sem rodeios: ele não me deixa viver. Não diria que faz de propósito, mas a verdade é esta: ele me amarrou e não me deixa. A vida dele, ao contrário da minha, está ladeira abaixo. E ele só faz arrastar-me a reboque. Sem se preocupar comigo, com a minha juventude, com o meu sacrifício.

O pior é que, como eu disse, é difícil brigar com ele, e mais ainda vencê-lo. Uma vez, aos prantos, eu lhe disse que entregara a ele, sem nada pedir, toda a minha juventude; ele retrucou com frieza que também me dera a parte mais vulnerável de sua vida masculina.

Em geral terminavam assim os conflitos com ele. Em seguida ele voltava a pô-la a seu reboque, seguro de que ela o seguiria. Porque ele sabia de antemão aquilo que ela só compreenderia mais tarde. E ela, como uma tola, não só o dissera mas até escrevera em cartas. Entende agora?

Não, não entendo, fora a resposta da amiga. Você me disse o contrário em suas cartas. Que era feliz, que, como se diz, tinha se apaixonado loucamente. Afinal de contas, é o que todos nós pedimos na vida: cair de amores. A própria expressão, vista de fora, tem algo de ruim. Cair de amores. *Fall in love.* Parece um pouco como tombar num buraco, numa armadilha, ou seja, mais ou menos, na escravidão. Você tem todo o direito de se zangar com o Bessfort, quando ele se comporta mal. Mas não tem o direito de se zangar por outras razões, por ter feito você gostar dele. Deveria é agradecê-lo por isso. E se subitamente ele declarasse que essa relação foi um erro, a culpa não seria dele, mas sua, Rovena. Minha querida, não entendo você, pelo menos não por isso que me contou. Só se houver outras coisas que eu não sei. Tenho a impressão de que você mesma não sabe o que busca.

Era verdade, Rovena não sabia o que buscava. Encolerizava-se quando ele mostrava sinais de ciúme, porém sentia ainda mais raiva de sua indiferença. Em um de seus recorrentes desabafos sobre ele impedi-la de viver, após uma resposta amarga dele, sobre se ela pensava em ter uma aventura, viera o complemento cruel: Você é quem sabe, não temos nenhum pacto de fidelidade.

É assim?, dissera consigo. Então é assim? Espere que você vai ver.

Por dias e dias ela não se livrara do sentimento desagradável deixado por aquele telefonema. Você vai ver, ela repetia. Vai chegar o dia de tirar a sua máscara.

Em sua aflição, ocorreu-lhe a pergunta de qual seria aquele dia, aquela máscara, e se ela queria mesmo que aquilo acontecesse.

Ele continuava imóvel, como antes, na janela. Mais exatamente as costas dele.

Rovena fez um último esforço para dormir nem que fosse só mais um pouco. Talvez uns minutos, na esperança de que o novo dia começasse diferente. Como todo dia de crise, aquele se mostrava ardiloso. Não seria fácil amansá-lo, tal como pensara pouco antes, com algumas recordações amáveis. Por exemplo a primeira manhã em que despertara enamorada de Bessfort. Era sem dúvida a parte mais bonita de toda a história. Ao amanhecer, sozinha diante de seu novo amo. Ou, para dizer de outro modo, o tirano que fabricara para si mesma. As cortinas do quarto, os cabelos sobre o travesseiro, os seios nostálgicos, tudo de que o outro se apoderara sucessivamente era distinto.

Pareceu-lhe que ela nunca poderia recordar aquele primeiro dia. Ou melhor, que não queria. Outras lembranças conviriam a um dia traiçoeiro como esse. Ela triunfante, com a ardente fisionomia da vingança. Os lábios macios de Lulu no primeiro beijo, no carro, mesclados com a música à qual seu corpo se entregava livremente, permitindo que o estudante eslovaco a acariciasse enquanto dançavam. Era a primeira vez na vida que ela beijava uma mulher e a primeira vez que tinha outro homem depois de Bessfort.

Um medo indefinido a impedia de se concentrar. Viu-se perseguida pela ideia de que aquela tendência para lembranças não era um bom sinal. Diz-se que antes de uma separação elas se multiplicam.

Ela sabia disso, mas não tinha nada a fazer. O medo era insuportável, como tudo que provoca vazio. Era pior do que o medo quando Lulu a precavera contra ele. Escute, coração, e nem pense que digo isto por ciúmes. Sou ciumenta, não nego, mas nunca me passou pela cabeça acusar alguém de tendências homicidas por ciúmes. Você duvida, eu sei, mas, pelo que você contou, ele tem todos os traços de um assassino. Hoje em dia eles são assim, traiçoeiros. Alguém que você nunca imaginou, seu gerente do banco, o afinador de pianos ou o padre que reza a missa aos domingos, pode ser justamente o seu assassino. Não confie na camisa engomada, na gravata, na pasta de executivo com o emblema da União Europeia. Não sou paranoica, coração, acredite. É que tive a oportunidade de conhecer a natureza deles. Você com seu corpo de uma alvura tão especial me dá arrepios. É atraente demais para eles.

A outra se esquivara de dar mais explicações sobre este último ponto, falara apenas de coisas nebulosas quando Rovena a inquirira. Era uma brancura atordoadora, segundo ela, que atraía as pessoas com fragilidades psicológicas.

O ranger da porta fez com que ela abrisse os olhos. Ele não estava mais na janela. Ao que parecia, descera para tomar um café, como fazia muitas vezes ultimamente.

Agora que ele não estava ali, teve a impressão de pensar com mais liberdade.

Imaginou-o num canto do bar, pensativo, tal e qual estivera em outros tempos, no Palácio da Cultura. Depois de conhecê-lo de vista, em uma das visitas dele à faculdade por causa daquele problema que aparentemente nunca acabava, era a primeira vez que o via tranquilo, sentado diante de uma xícara de café.

Daquela vez fora Rovena que explicara a uma amiga, com quem se sentara para tomar um sorvete, o mistério daquele homem que se metera numa confusão por causa de Israel, mais precisamente por causa de um campeonato de xadrez que ele não devia ter disputado, ou perdido, não sei ao certo, mas era alguma coisa muito sutil, acho até que também não podia vencer.

Agora não entendi nada. Então ele joga xadrez? Você disse que ele dá aulas de direito internacional. Tem um olhar tão vazio. Com certeza é por causa do que aconteceu. Não, não creio que ele seja um enxadrista profissional, mas parece que costuma jogar até no exterior. Achou o olhar dele vazio? Pois é justamente esse vazio que me agrada.

Pelo visto você está caída por ele, tinham sido as palavras da amiga.

O rangido das correntes que arrastavam a estátua do ditador pelo centro de Tirana interferia às vezes naqueles pensamentos. Fora ele que cindira tudo ao meio com a força de um terremoto. E então todas as impossibilidades pareciam possíveis, como as palavras dele uma semana depois de serem apresentados num jantar, convidando-a para passar três dias com ele numa cidade da Europa Central.

Ela nada dissera. Baixara os olhos, como uma pecadora, e o jantar, a noite, o mundo inteiro tinham se enevoado.

Por toda a noite insone, as mesmas perguntas se revolveram febrilmente em seu cérebro. Que convite era aquele? Podia ser qualificado de erótico? Claro que sim. O que mais poderia ser? Sozinhos num hotel. Por três dias, ou seja, três noites. Ela e um homem a quem ainda nem abraçara. Meu Deus, não podia ser diferente. Então, tudo recomeçava: e se não fosse assim? E se os quartos fossem separados? Claro que não. Claro que só podia ser um quarto só. E uma cama só também.

Uma semana depois, ele informou ao telefone, numa voz contida, quase fria, que já tinha comprado as passagens. Sem dar tempo para que eu respondesse, ou sequer me espantasse, ao ver como aquele sujeito ousava assim, de modo quase senhorial, proclamar aceito o convite a uma mulher para viajar, fazer amor, sexo, sem um instante de trégua, notificou-me como entregaria a passagem e a data da partida.

Eu passava em revista todos os insultos possíveis começando por "Como você se atreve", mas eles eram inúteis e insinceros. Convencida, cabisbaixa, eu, que me considerava uma mulher cheia de orgulho, fui ao café Europa, onde ele me esperava para me entregar o bilhete. A justificativa para a viagem não fora tão difícil como eu pensara. Você sabe, há uma montanha de convites para fóruns, ONGs, seitas, minorias, todo tipo de gente "diferente". Cuidado para que não seja uma associação de lésbicas, disse meu noivo, exibindo um sorriso matreiro. Uma semana depois, pálida de insônia, lá estava eu no aeroporto de Rinas. Nos saudamos de longe. Ele tinha um ar circunspecto, o que me agradou. A última coisa que eu aguentaria numa ocasião assim seriam futilidades.

O dia estava nublado e chuvoso. O avião parecia abrir caminho a custo. Eu estava completamente paralisada. Por um momento achei que a viagem não teria fim... Senti vontade de levantar da poltrona e ir para o lado dele, para ao menos encostar a cabeça em seu ombro, antes de aterrissarmos...

À noite, depois de chegarmos, ficamos enfim cara a cara, duas pessoas ainda desconhecidas, no táxi que nos levava à grande cidade. A luz pálida dos faróis dos carros que cruzavam conosco ora revelava seu rosto, ora o deixava nas trevas.

Não falamos. Ele pusera o braço em meu ombro e eu, exausta, esperava que ele me beijasse, mas nada acontecia. Ele parecia entorpecido, pior do que eu, e ausente.

Pelo retrovisor, meu olhar cruzou por um instante com o do motorista. Achei que eram olhos inquiridores, como se ele fitasse mais a mim que a rua. Eu sabia que era do cansaço, mas mesmo assim movi-me um pouco para sair do seu campo de visão. Bessfort sentiu o movimento e aproximou-me ainda mais dele. Mas ainda sem nos abraçar. No quarto do hotel, abrimos as malas parecendo não nos ver.

Beijamo-nos pela primeira vez no restaurante e, principalmente, na boate. Tentei dizer alguma coisa, mas não sei por que foi outra que saiu: Faz tempo que eu e meu noivo não usamos anticoncepcionais...

Eu própria me espantei, mas palavras não podiam ser chamadas de volta. Pelo que entendi mais tarde, foram elas que derreteram todas as barreiras.

Seus olhos percorreram as minhas pernas, parecia que as notava pela primeira vez. Tive a impressão de que o olhar penetrava pelo tecido da minissaia preta, chegando até onde as coxas se uniam e onde ele agora fora convidado a entrar sem preservativo...

Vamos subir?, ele disse pouco mais tarde.

Liberta do acanhamento, com as faces afogueadas, eu não disfarçava o desejo. Que subíssemos o quanto antes, depressa, para o andar, o sétimo céu...

Quando saí do banheiro e deitei a seu lado, antes de tirar a toalha que enrolara em torno de mim, sussurrei: Não estou magra demais?

Ele pareceu não entender o que eu dissera, ou quis dar essa impressão. Durante as carícias, vinham-me à cabeça as palavras de Zara, a cigana, mas por mais que eu quisesse contá-las, a timidez não deixava. Ele, como se tivesse me ouvido, fitara-me por certo tempo de um jeito esquisito. Achei até que uma luminosidade especial brilhara subitamente nos olhos dele. Algo como uma melancolia mesclada de alegria, que talvez não fosse assim mas que eu entendi desse jeito por causa da confusão, ou por ele me chamar de "minha pequena". Pouco depois, logo após as carícias, houve uma certa inibição, mas a seguir tudo correu bem.

A aflição me invadiria mais tarde, depois de voltarmos à Albânia. Ele se despediu de mim no aeroporto, pois seguiria viagem para Bruxelas, onde ficaria duas semanas a trabalho.

Por muito tempo ele não deu sinal de vida. Todas as especulações de uma mulher que se entregou pela primeira vez e deseja agradar a todo custo me assaltavam sem descanso. Eu o agradara irresistivelmente, como se diz, ou o desencantara por pouco que fosse? Eram mesmo doces as palavras que ele me dissera? E aquela inibição inicial? Devera-se ao estresse tão comum nos homens de hoje, do qual eles nem se envergonham mais como antes, até ostentando-o como algo chique, ou decorrera do desencanto?

A ideia de que a viagem fora um erro não me abandonava. Junto com ela vinha um profundo suspiro: eu faria tudo para consertar o erro.

Passara a brincar com a ideia de tomar como um sinal dele uma dor no peito, leve a princípio, depois mais pronunciada, ora do lado do coração, ora do outro. Nunca fora ingênua a ponto de achar que um caso de amor dói de verdade no peito. Ainda assim acreditara mais nela que em ter engravidado, o que suspeitei na época, mas sem inquietação, como se a gravidez fosse em outro corpo.

A janela ficava vazia sem ele. Ela pensou em levantar, tomar um banho e assim embelezar-se para a nova manhã, esperá-lo no sofá. Executou tudo mentalmente, enquanto o corpo ainda pálido de sono voltava-se para o outro lado. Em vez de sono, chegou um subproduto dele, com o vago cenário da ruela ao lado de sua escola, onde, depois da palavra de ordem "O que o partido diz o povo faz, o que o povo quer o partido faz", grosseiramente escrita num muro, ficava a casa térrea, com um pé de caqui no quintal, onde morava a cigana Zara. No recreio maior, e mais ainda à tarde, sem dar muito na vista tal como as outras meninas, ela entrava pela porta destrambelhada da cigana. Ali tudo era diferente, o cheiro de cinzas no fogão, as fotografias na parede, mas principalmente as palavras usadas. Não tinham igual. Com as faces rubras de vergonha, as meninas perguntavam sobre todo tipo de coisas do amor, que a cigana chamava "gozo". Ela respondia tranquilamente, sem nunca se escandalizar, numa linguagem que dava arrepios no corpo. Os peitos e as coxas? Todo mundo sabe que é o gozo que faz eles crescerem. Você que se acha magra, escuta o que diz a Zara: os machos que entendem dessas coisas morrem por umas coxas como as suas. Rovena sentia os joelhos bambearem. Não se poupe, dizia a outra, apontando com a mão para a vulva. Ofereça, pois a terra há de comer.

Eram aquelas palavras que tinham subvertido os filmes que assistira e todos os livros que estudava na escola. Algumas semanas mais tarde, com gestos seguros, muito diferentes da primeira vez, apresentara à cigana a coleguinha que trouxera e abraçara-a para contar algo ao seu ouvido. Fiz... A mulher fechara os olhos, deliciada. Depois fizera um sinal para que a menina se aproximasse de novo. Evidentemente queria que Rovena contasse o que acontecera em outras palavras. E Rovena assim fez. Com expressões desinibidas, daquelas que chamavam de sujas e que nunca tinha usado, contou. Eu... Você é uma estrela neste mundo, murmurou a zíngara, com os olhos e as rugas radiantes.

Fora duas semanas antes de deportarem a cigana, num dia de dezembro. Havia uma campanha contra a degeneração. Junto com mulheres suspeitas de imoralidade, tinham sido condenados homossexuais e jogadores, bem como gente que incitava à depravação. A cigana Zara entrava nesta última categoria. Nos corredores do ginásio circulavam agentes vestidos de bege. Tomada de pânico, Rovena aceitara o pedido de noivado de um estudante que acabara de conhecer. Parecera-lhe que assim se sentiria mais protegida. Não sou virgem, sussurrara ao ouvido dele, na tarde em que tinham ido para a cama pela primeira vez. O outro fingiu que não escutara.

A queda do regime a encontrara noivando. Todos os dias coisas esquecidas vinham à luz. Como as palavras senhora, senhorita, monsenhor, fórmulas de batismo, rezas. O noivado, inversamente, entrava na lista do que caía no esquecimento. Você está noiva?, perguntavam os colegas na faculdade, sem esconder o espanto. Aquilo começou a lhe parecer como uma roupa que saiu de moda e então passou a evitar o assunto, até não falar mais dele.

E você diz que nada é mais como antes, disse consigo. Naquela época, realmente, nada era como antes, ao passo que agora... Qual agora, meu Deus... E se agora fosse a mesma coisa?

Quando fora apresentada a Bessfort, durante uma festa, tudo de fato se desmantelou, mais ainda que com a mudança de regime. Sem esquecer seu interesse, ele a convidara para um daqueles jantares que se sucediam interminavelmente numa buliçosa Tirana.

Quando ocorrera de se reencontrarem, a conversa voltara ao tema das mulheres bonitas. Nem ele escondia a queda por mim, nem eu fingia não entender. Fazia tempo que o admitira.

Totalmente fascinada, ouvi-o dizer que as mulheres belas eram raríssimas, ao contrário das bonitinhas. Segundo ele, eram raras porque tudo nelas era diferente. Pensavam diferente, amavam diferente e inclusive sofriam diferente, muito diferente.

Eu não tirava os olhos dele quando, depois de fitar-me longamente, o que não era seu estilo, disse: Você sabe sofrer.

Bruxo, pensei. Como sabia?

Eu devo ter expressado contrariedade, pois ele apressou-se em dizer: Não gostou do que eu disse?

Na verdade aquilo me parecera um tanto ofensivo. Eu era bonita, não tinha motivos para conhecer o sofrimento, ao menos para olhos estranhos. O sofrimento era para as outras.

Como se o bruxo em dobro lesse em meu cérebro, ele disse que o sofrimento não era motivo para envergonhar ninguém. Depois acrescentou, num tom que me pareceu frio, que quisera fazer um elogio, pois estava convencido de que não podia haver uma mulher bela que não soubesse sofrer.

Eu corei pelo que falara. De repente pareceu-me algo idiota. Numa tentativa de retificação, disse outra tolice: que, ao que parecia, eu era assim.

Ele sorriu para si e balançou várias vezes a cabeça, como alguém que desiste de esclarecer um mal-entendido, de tão complicado que isso seria.

Depois de um silêncio, e de um "desculpe, não queria magoar você", como se atinasse repentinamente que eu era muito mais jovem e inexperiente em comparação com ele, disse, a sério e sem nenhuma arrogância que em última instância o sofrimento era um dom, para todos e mais ainda para belas mulheres com sofrimentos de luxo.

Agradecida por aquele desanuviamento, eu disse com um sorriso: Está fazendo propaganda do sofrimento? E em seguida, olhando-o nos olhos de modo significativo, acrescentei: Talvez não seja preciso...

Não preciso que me estimulem, sofro por você. Era o que eu queria dizer, embora as palavras me faltassem.

Ele permaneceu de olhos baixos, e senti que tinha tomado as palavras pelo que eram: uma aberta declaração de amor.

Antes de nos despedirmos, disse num tom descuidado e quase jocoso que se eu aceitasse oferecia-me uma viagem de três dias para uma cidade da Europa Central. Meio de brincadeira, meio a sério, comentamos por algum tempo como aquilo soaria tão absurdo na Albânia de pouco tempo atrás e como parecia plausível agora, depois da queda do comunismo. Quando nos separamos, olhou-me longamente nos olhos antes de dizer: Falo a sério, não se apresse em recusar.

Eu não disse nada. Baixei os olhos como uma pecadora e depois, durante a noite, todo o universo se enevoou.

Duas semanas mais tarde aquilo que parecia a coisa mais impossível do mundo estava acontecendo.

A neblina e a chuva prosseguiam. O avião da linha Tirana-Viena parecia encalhado no meio delas. Rovena sentia-se completamente entorpecida. A viagem se prolongava como se não fosse acabar nunca. Por um momento quis se levantar da poltrona e sentar ao lado dele, para pelo menos estarem juntos no momento em que caíssem.

Fora o que contara mais tarde. Enquanto na realidade viajara sozinha naquele avião, sem Bessfort. A verdade era que durante o voo desejara tanto estar com ele que aos poucos sua memória fora operando as modificações necessárias, tornando plausível para ela, e em seguida para os outros, a versão alterada da viagem.

A rigor a essência era a mesma: ela ia encontrar-se com Bessfort Y. em Viena e durante o voo, enquanto o avião trepidava, imaginara-se repetidamente apoiando a cabeça no ombro dele. A seu lado, no lugar de Bessfort Y., estava uma mulher, ativista da mesma ONG de que Rovena participava. Não acontecera a sua apressada ida ao café Europa para apanhar a passagem, evidentemente tampouco a sugestão dele para que viajassem juntos. Ao contrário, fora ela que, ao ouvir falar de seu trabalho em Bruxelas, dissera que também viajaria, para Viena, e quando ele comentara: Viena? Passo sempre por lá, dissera que podiam se encontrar. Fora assim, despreocupadamente, como numa brincadeira, que tinham trocado telefones.

Em Viena, depois de chegarem ao hotel, sua companheira de viagem arregalara os olhos quando Rovena despreocupadamente dissera: Tenho um amante aqui, virá me buscar em uma hora.

E diante dela, com toda tranquilidade, começara a se embelezar.

3. Mesma manhã. Ainda Rovena.

Estremeceu, parecia que um estranho entrara no quarto. Depois caiu em si. Não havia ninguém, ele estava ausente. Pelo peso das pálpebras, advertiu-se de quanto a cansara aquela paródia de sono.

Que louco, pensou.

Nem ela mesma sabia por que pensara aquilo a caminho do banheiro. Já tinham trocado tantas vezes aquelas palavras que elas soavam quase como um afago.

No chuveiro, sob o jato d'água, a frase "Nada é mais como antes" brilhou como um diamante traiçoeiro. A água parecia levá-la, mas em seguida lá estava ela.

Alguma coisa não encaixava bem em sua linha de pensamento. Uma névoa cobria seus contornos, empurrando-a a outra descoberta: mesmo que alguém esteja acordado, basta simular que dorme para que o fingimento influencie tudo mais.

O registro do chuveiro parecia ter se rebelado. Fora o que acontecera depois que voltaram de Viena. Ela tinha certeza de que todo o seu corpo já não era o mesmo. Dava a impressão de que a alvura penetrara profundamente sob a pele e seus pequenos seios de um acetinado comovente pareciam alheios a este mundo. Estava convencida de que tinham crescido desde o primeiro encontro com Bessfort Y. A sensação de milagre mesclava-se com o temor de que ele não telefonasse mais e os dois se separassem sem se rever. Punha-se a imaginar o telefonema dele em uma tarde de fim de março, a corrida para o encontro e a pressa em se despir. Depois o assombro dele, a pergunta sobre se ela estava tomando hormônios, e a resposta: nunca tomara hormônio algum. É você, só você.

Submetidas ao olhar incrédulo dele, as palavras dela logo se cobriam de brechas nebulosas e amedrontadoras. Você, só você. A ânsia por você. O desejo louco, desumano de agradá-lo. Esse comando interior. Essa súplica como em um altar.

Ele talvez continuasse perplexo. Quem sabe satisfazia-se menos que o devido. E independentemente dos seus belos elogios, marmórea, divina, parecia alheado.

Não querendo cair em si, ela buscava justificativas. Você me libertou. Outras ideias lhe acudiam, algumas com ímpeto, outras entorpecidas. Os outros percebiam a mudança? Claro, até com maior clareza, a começar pelo noivo. Desde seu retorno do exterior, não dormira mais com ele. Ela ia adiando, com todo tipo de pretextos. Por fim, se encontraram. Pareço mudada?, indagou. Maravilhado, ele a contemplava e apalpava, intimidado. Ela contestou-o, desembaraçada: Está pensando que eu fiz plástica? Por que não pensaria? Está na moda. Além disso a viagem internacional fez-me pensar... E a primeira ideia que me acudiu ao ver seu peito foi: aí está por que ela viajou.

Meu Deus, como você é ingênuo! Não nota que não há a menor cicatriz? Não lhe ocorre nenhum outro motivo? Por exemplo, que eu posso ter me apaixonado?

Ele a fitara espantado, como se tivesse ouvido uma palavra raríssima.

Parecia-lhe que ninguém mais acreditava nela. Eram três ou quatro homens que se sucediam como sombras na sua lembrança. Seguindo o antigo conselho da cigana, de que "cada homem é diferente do outro, e o que a ferramenta de um não faz a do outro consegue fazer", ficara com eles por uma ou duas vezes. Agora trazia-os à lembrança para saber se devia mostrar sua metamorfose a algum deles. O primeiro, que a desvirginara, fora para a Itália de navio. Outro, ao que parecia, fora preso e o terceiro terminara vice-ministro. Já o último era um diplomata estrangeiro.

Bessfort ainda estava em Estrasburgo. As tardes eram mais insuportáveis que as noites. Com os olhos fixos no vidro da janela, ela se perguntava: por quê? Por que queria fazer uma coisa assim a todo custo? Seria o estímulo da cigana, ofereça, pois a terra há de comer? Às vezes aquilo parecia-lhe como uma despedida do mundo antes de se encerrar num convento.

As tardes se sucediam implacáveis como sempre. Numa delas foi tomar um café com o diplomata estrangeiro, no hotel Rogner. A conversa do diplomata, que antes a enchia de curiosidade, pareceu-lhe aborrecida. Ela introduziu o tema do único encontro dos dois, no apartamento dele. Ah, foi uma maravilha!, dissera ele. E repetira a frase, mas cada vez que ela a ouvia em vez de se alegrar se entristecia. Aquilo nada irradiava. Por fim, com um olhar mais intenso, ele admitira que era "bi". Afortunadamente a Albânia vinha mudando nos últimos tempos e já não era nenhuma calamidade ser "bi". Ela tivera a impressão de ter percebido algo assim desde antes, mas confusamente. Quando se separaram, ele disse que esperava vê-la de novo. Voltou a fitá-la intensamente lançando expressões como "novas experiências" e "maravilha". Ela assentiu com a cabeça, dizendo a si mesma: "Jamais".

Enquanto caminhava para casa, lembrou que a casa da cigana devia ficar por ali. Havia muitos prédios novos em torno, mas graças ao pé de caqui no quintal ela reconheceu a porta escangalhada.

Com o coração aos saltos, empurrou a porta. Teria a cigana voltado do degredo? Guardaria alguma mágoa? Antes de abrir a porta da casa, sentiu o cheiro familiar da mistura de feno e fumaça.

A cigana estava lá. Os mesmos olhos estreitos cercados de rugas fitaram-na de alto a baixo. Tia Zara, sou Rovena, lembra de mim? As rugas se moveram lentamente. Rovena... Lembro, como não. Lembro de todas. Todas as anjinhas que eram minha única alegria. Rovena esperara ouvir: todas as putinhas que me denunciaram. Mas a outra não dissera nem uma coisa nem outra.

A visitante não achava as palavras a dizer. Sofreu muito "lá"? Amaldiçoou-nos? Talvez nenhuma a tenha denunciado e o mal tenha vindo da ingenuidade.

Entretanto, os olhos de Zara tinham dado sinal de se abrandarem.

Você é a primeira que vem... Foi apenas o que disse, mas as palavras pareciam puxar outras: Eu sabia, tinha esperança. Mais em você que nas outras.

Rovena tivera vontade de cair de joelhos e pedir perdão.

As rugas foram se abrindo devagar, deixando os olhos livres como outrora. Está voltando, finalmente, meu Deus, pensou Rovena. Está voltando a ser o que era...

Lá estávamos todos... disse num tom baixo. E aqui? Como você tem passado, queridinha da titia?... Gozou bastante?

Rovena fez que sim com a cabeça. Sim, tia Zara, muito... E agora estou amando.

Por um longo intervalo a outra não moveu os olhos, a ponto de Rovena pensar que não fora ouvida. Estou amando, repetiu.

É a mesma coisa, disse a outra, com a mesma voz baixa.

Rovena teve a impressão de se aproximar do segredo do linguajar dela. Em uma das noites insones, Bessfort mencionara um tempo imemorial em que o amor fora apenas desejo.

Ali residia, aparentemente, o enigma e a sedução daquele linguajar. E a cigana apenas o resgatou de longe, do seu tempo.

Cheia de hesitações sob o olhar agora plácido da outra, mecanicamente, como se cumprisse um rito, Rovena primeiro tirou o suéter, depois baixou a calcinha para que a outra visse sua vulva. Ficou ereta como uma vara, de pé como se esperasse o veredicto de um tribunal sobre sua culpa ou inocência. Assim permaneceu por um bom tempo.

Ao caminhar para casa, enquanto o crepúsculo caía, aquele desnudamento pareceu tanto inexplicável como inevitável. Fizera-o com naturalidade, como se obedecesse a um mandamento místico: mostra teus trunfos!

Tentava confusamente captar algo que sempre escapava. Era talvez uma outra característica do sexo feminino, vindo do universo cigano, imemorial como dissera Bessfort, e que a raça branca perdera. Invencível, utensílio superior, soldado ao corpo da mulher conforme um pacto secreto, ele guardava a mais obstinada autonomia. Milhares de sucessivos decretos tinham tentado submetê-lo. Todo um rol de catedrais, degredos, pesadas doutrinas. Havia dias em que Rovena pensava que ele poderia virá-la do avesso a partir da grota onde se achava.

Em casa, as pernas a tinham conduzido ao sofá. Cansada, contara os dias até a chegada de Bessfort.

O reencontro tinha sido diferente do que ela pensara. Ele parecia disperso, um tanto sombrio, como se tivesse trazido consigo as nuvens do continente inteiro.

Ela sentira uma aflição nebulosa. Podia ocorrer de aquele homem, em quem ela gostava de pensar como o outorgante de sua liberdade, involuntariamente tomá-la de volta.

Você é um perigo, pensou, enquanto sussurrava ao seu ouvido palavras doces sobre as saudades que sentira, a visita à casa da cigana e o café com o diplomata, imediatamente apelidado de "biplomata". Apesar de tudo, algo de bom saíra daquele café. Ficara sabendo que a cidade de Graz oferecia bolsas de estudo e o "bi" dissera que ela podia solicitar uma. Ficará mais fácil nos encontrarmos pelos hotéis da Europa, você a trabalho e eu junto... não é? Não está contente?

Claro que estou. Quem disse que não estou contente? Pelas feições não parecia. Talvez eu estivesse pensando, enquanto você falava, que por uma coisa destas, por um visto e permanência, e por uma bolsa, as garotas de hoje não veem problema em ir para a cama...

Rovena se petrificara. Ele tocara as faces dela, como se tivessem lágrimas. Como seus olhos são belos quando você fica assim pensativa. É?, dissera ela, sem saber o motivo. Eu falei sério, fora a resposta. Você faria isso?

Meu Deus, pensara ela. Mas respondera em seguida: Acho que não.

Os olhos dele continuaram grudados nela, que acrescentou: Não sei.

Ele beijara-lhe os cabelos com a gentileza de sempre. Você ia dizer mais alguma coisa, Bessfort, não ia? Ele fez que sim. Não sei se é certo dizer tudo que nos passa pela cabeça. Por que não? Na vida talvez não seja, mas nós estamos, como dizer... no amor...

Ele deu uma risada. Então, um instante atrás, quando você se mostrou sincera, na minha cabeça a ideia de que a sinceridade embeleza uma mulher veio junto com o seu contrário: infelizmente, uma mulher insincera pode se mostrar igualmente bela.

O que você quer dizer com isso? Não se zangue assim. Queria dizer que a falsidade em geral enfeia a pessoa, não é por acaso que falam em olhares malignos, pérfidos. Já uma mulher que trai, surpresa, pode ser maravilhosamente linda. Estamos no amor, não é? Você mesmo disse que tudo é de outro jeito no amor.

Diferentemente de uma hora atrás, o tom dele era jovial, mas ela voltou a falar consigo: um perigo.

Ele tinha o estilo de alguém que não teme abismos. Por que era assim seguro de si e ela não? O pensamento a exasperara. Quisera perguntar com amargura: De onde vem essa afoiteza? Você acha que me possui?

Sentia que não se atreveria. Ela se afligia, ele não; era essa a diferença entre os dois. E já que isso não iria mudar, ela se sentia perdida.

Enquanto acariciava seus seios, em meio a doces sussurros, ele pediu-lhe que repetisse as palavras da cigana. Você quer zombar delas, já vi. De forma alguma, respondeu ele. Se existe um lugar onde os ciganos e roms são afinal respeitados neste mundo, isso ocorre exatamente conosco, no Conselho da Europa.

— Como se temesse o silêncio, ela continuou a falar enquanto se penteava diante do espelho. Ele permaneceu de pé, na porta, acompanhando aqueles movimentos já familiares.

Enquanto passava batom nos lábios, ela voltou a cabeça para dizer com a voz subitamente alterada algo sobre seu noivo. A bolsa na Áustria significaria afastar-se dele e depois separar-se.

Fitou-o fixamente, como para desvendar seus pensamentos. Mas ele, talvez por cautela, não falou, apenas deu dois passos para beijar-lhe a nuca. Seremos felizes juntos, murmurou Rovena.

Mais tarde ela se arrependeu de ter dito aquilo. Na verdade ele é que devia ter falado. Mas, como sempre, ela se adiantara.

Para que tudo isso?, queixou-se consigo. Pensara em esquecê-lo, mas fora inútil. Estava tudo ali, principalmente os momentos finais de cada encontro. Era quando algo indevido acontecia de repente. Algo irremediável. Ele o explicava pelo nervoso da separação. Ela já não sabia o que seria melhor: falar o mínimo possível para evitar mal-entendidos ou, ao contrário, falar, falar aos borbotões, em pânico, para não dar chance aos temíveis vazios. Ela agora já sabia que exatamente no umbral da despedida havia aquele momento fatal, que determinava de que lado ficaria o sofrimento até o encontro seguinte.

Todas aquelas coisas pertenciam ao passado. Mesmo assim irradiavam de longe sua obstinada angústia. Ela tinha ganas de dizer-lhes: Pois bem, já lembrei de vocês, agora fora daqui.

Chegara a Graz no meio do inverno. As nuvens de fevereiro descarregavam uma chuva hostil. As névoas a perseguiam por toda parte, como hienas. Não achava a casa onde morara Lasgush Pogradec.* Pensara que Graz a colocaria, se não em superioridade, ao menos em igualdade com Bessfort Y. Ocorrera o inverso. Apenas os seios estavam mais sedosos.

Em meio à solidão do inverno, o telefonema dele parecera a salvação. Ele não estava longe. Iria esperá-la no hotel, sábado. Ao descer do trem, ela devia tomar um táxi. Não se preocupasse com os gastos.

Durante duas noites ela não cessara de repetir: Como sou feliz com você. Depois tomara o caminho de volta para o inverno e o tédio do alojamento universitário.

Por um instante manteve a cabeça imóvel, com o jato da ducha sobre os cabelos. A água gorgolejava, mas sem suavidade, às vezes escaldante, às vezes gelada. Talvez fosse a primeira vez que o chuveiro, em vez de acalmá-la, tinha um efeito oposto. Por um instante pensou ter entendido o motivo: o formato da ducha manual lembrava um telefone.

Era através dele que as disputas costumavam começar. A primeira e mais grave ocorrera na primavera. Em Graz tudo mu-

---

* Poeta albanês, 1899-1987. (N. T.)

dara. Pela primeira vez ela sentira a tentação de libertar-se. E, junto, uma irritação sem motivo. Parecia-lhe que Bessfort lhe era um estorvo.

Fora a primeira palavra que ela disparara ao telefone. Você é um estorvo na minha vida. Como?, dissera ele numa voz gélida. Eu, um estorvo? Exatamente, fora a resposta. Você disse que me telefonou duas vezes ontem à noite. E então?, dissera ele. Ela sentira o desprezo na voz dele e em vez de se recriminar pelo disparate que estava a ponto de proferir, gritara: Você me sequestra. Ah, dissera ele. O que significa este "Ah"? Você acha que eu devo ficar esperando que Vossa Excelência se digne a me telefonar? Você não sabe o que está falando, cortara ele. As orelhas dela tremiam de nervosismo. Você me considera sua escrava, com quem pode fazer o que quiser. Você não sabe o que está dizendo, repetira ele. Sua voz soava cada vez mais glacial. Ela sentira o perigo e se perdera por completo. Não controlava mais as palavras, até que ele bradara: "Basta!".

Não sabia que ele podia ser tão implacável. Dissera a frase cínica: Você pôs o pescoço na canga e agora me culpa. E, como se não bastasse, desligara.

Pasma, ela esperara uma chamada dele. Depois, quando perdera a esperança, ela mesma telefonara. Estava na secretária eletrônica. O que foi que eu fiz, exclamara consigo. E, um instante mais tarde: Que horror é este?

Por toda a noite, empenhara-se em descobrir de onde viera aquela cólera contra ele. Seria por ela ter abandonado o noivo e ele nada prometer?

Talvez, pensou. Mas não tinha certeza. Nem podia ser por medo de perder a liberdade. Ela se atirara na relação de corpo e alma, como se diz, e agora não sabia como sair? Era cedo para afirmar isso.

Às vezes conseguia se acalmar: aquele assunto se resolveria com serenidade. Procure gostar menos dele, aí está, é o que basta.

Três dias depois, aceitando a derrota e com a voz abatida, telefonara de novo. Ele respondera num tom grave porém sereno. Nenhum dos dois mencionou a briga. Foram várias semanas assim, feitas de telefonemas esparsos, palavras contidas, até o encontro seguinte.

Do trem que seguia para Luxemburgo, ela via as frias planícies europeias cobertas de neve que se adequavam perfeitamente ao seu torpor. Não estava certa de se tudo seria como antes. Ao telefone ele não oferecera nenhum sinal. A relação com o noivo tinha sido completamente diferente. Logo que faziam as pazes, abriam por completo o coração. Confessavam os sofrimentos, os pequenos ardis de guerra, como se eles tivessem perdido o sentido com a proclamação da paz.

Por que com você é tão difícil, querido?, suspirou, antes de ceder ao torpor.

Quanto mais o trem avançava para o norte, mais a angústia a dominava. Mesmo assim, algo no interior de Rovena a repelia. Era uma sensação espantosa, desconhecida. Reproduzia, duplicada, a ideia de que ela era uma mulher jovem, bonita, cortando ao meio a Europa transida pelo inverno, ao encontro de seu amado.

Ao desembarcar ela ainda estava assim, meio entorpecida.

Ele a aguardava no quarto. Abraçaram-se como se nada tivesse ocorrido. Ela agitou-se num vaivém para guardar suas coisas, em meio a umas poucas frases, principalmente comentários sobre o quarto. Depois, o banheiro, onde os roupões brancos, sabe-se lá por quê, sempre lhe pareciam um bom augúrio em um hotel.

Quando ela sentiu que as palavras iam rareando, não procurou por outras. Já passava das quatro da tarde. Lá fora o dia invernal tombava. Ela disse a fala usual, "preparativos?", e entrou no banheiro.

Nunca calculava o tempo certo de permanecer ali. Às vezes achava que se apressara demais, às vezes que se atrasara.
Por fim, jogou o roupão sobre o corpo nu e saiu.
Ele esperava.
Caminhou para a cama com a cabeça baixa, em passos que mais uma vez pareceram não ser dela. O gosto estranho da viagem não a largava, mesclado ao pensamento de que mais que uma amante era uma esposa dirigindo-se à cama de seu homem.
Sem saber bem o motivo, tentou trancar em si os lamentos e de alguma forma o conseguiu. Só depois que acabaram sussurrou ao ouvido dele "Foi divino". Era o que achava sempre. Ainda assim, ninguém abriu seu coração. Tampouco à meia-noite, ou mesmo no outro dia, antes de se separarem, e ela sufocou a esperança. No trem, que seguia pelas mesmas pradarias que a máscara meio rota da neve não cobria, trazia no espírito a mesma tristeza de dois dias antes. Mas esta parecia tão suportável que Rovena já não sabia se podia ou não ser chamada tristeza.
Junto com a melancolia, não a largava a ideia de que Bessfort Y., em quaisquer circunstâncias, era um perigo. Com ele era difícil; mas sem ele era impossível.
O retorno à normalidade, que com o ex-noivo só requeria alguns instantes, com Bessfort se estendera por meses. De vez em quando se perguntava se aquela história de liberdade não se transformara num grilhão. Depois da queda do comunismo na Albânia, tudo se excedia: o dinheiro, o luxo, as associações de lésbicas. Todos se atiravam em busca do tempo perdido. Certa tarde num café, o olhar fixo de uma atriz a perturbara por completo. Pelo modo como Bessfort ouvira o episódio, ela acreditara ter descoberto vagamente alguma coisa.
Também então nada era mais como antes, disse consigo. Apenas ela não o proclamara, bradando aos céus, como ele.
Na verdade nada nunca é como antes, pensou.

Sua primeira infidelidade, que só em albanês chama-se assim, acudira-lhe à mente de cambulhada, apressada, vingativa e sem remorsos. Os beijos em meio à música e um alemão com sotaque. O despudorado enlace do parceiro e depois o seu. As roupas tiradas no quarto, o preservativo e os comentários sempre com sotaque: *Ich hatte noch nie schöneren Sex*, Nunca fiz um sexo tão doce.

É tudo que você merece, dissera ela para si.

Na verdade, um ano depois de Luxemburgo contara a ele o que acontecera em sua primavera da tentação. A festinha de aniversário no alojamento universitário e os abraços durante a dança com um dos colegas bolsistas. Depois os lábios, os ventres livremente colados, o murmúrio do outro, vamos para o meu quarto, e ela o seguindo sem uma palavra. Bessfort soubera do que ocorrera inclusive no dia seguinte, quando quase metade da confraria de estudantes se reunira numa boate e Rovena se assombrara ao ver que uma mini-história de amor fora concebida no intervalo. Tinham ouvido falar, parecia, que a bonita albanesa finalmente dormira com seu colega eslovaco; dispensavam-lhe então atenções especiais, tinham cuidado para que sentassem juntinhos e em tudo os tratavam como um casal. Ela considerara decididamente encantador e nada embaraçoso que aquela história do noivado a perseguisse até ali. Alguém dissera que as últimas notícias falavam de tumultos na Albânia, mas ela não sabia de nada.

O resto, que se seguiu, você sabe tão bem como eu, dissera Rovena. Na realidade o que Bessfort sabia não era inteiramente exato. A inexatidão começava desde a boate onde Rovena e o eslovaco foram tratados como um casal. Ele a atraíra, fortemente até. Tinha uma ternura e um sabor diferenciados, que deixavam saudades em Rovena. Alguém voltara a dizer que havia distúrbios na Albânia. Ela continuava não sabendo de nada.

Às duas da madrugada, quando se despediam ruidosamente, tinham combinado de se encontrarem todos no dia seguinte, no mesmo bar. Às dez da manhã, o toque do telefone parecera dilacerar tudo mais. Era Bessfort. Ligara várias vezes durante a noite. O azedume se unira às palavras já empregadas antes: Você não me deixa viver. Ele estava em Viena. Numa reunião da Osce?* As coisas estavam desandando na Albânia, como ela talvez já ouvira falar. Ele teria a noite livre. Pela primeira vez ela hesitara. Por que não me contou antes? Seria difícil viajar... um seminário... um professor... Tudo bem. A frieza na voz dele despertara a conhecida angústia. Espere, por que você não vem? Não sei, fora a resposta. Ele veria as possibilidades e telefonaria.

O telefonema tardava. O celular dele não respondia. Com certeza castigava-a por sua hesitação. Tirano, acusou-o silenciosamente. Depois culpou-se: Bem feito. Por uma noitada pusera tudo em perigo. Como se não houvessem outras noites, em meio à chatice das noites de Graz, para ela vadiar pelos bares. No meio de risos e gracejos banais, logo quando ele precisara dela.

Por fim o telefone chamara. Vitória em dobro: ele vinha. O endereço do hotel, a hora do encontro.

Enquanto andava apressada pela rua gelada, sentia uma espécie de embriaguez. Uma pontada de culpa pela boate onde a turma se reuniria aumentava sua euforia. Até a indecisão que sentira agora se afigurava como um bom sinal. Pela primeira vez em um ano e meio, ela se sentia, de fato, se não superior ao menos equiparada a Bessfort Y. Aquela história de escravização a ele talvez se resolvesse naturalmente.

A sensação de segurança não se deixara abalar nem pelo luxuoso tapete nem pelo extenso corredor que levava ao quarto, mas fraquejara espantosamente ao ver o rosto dele.

---

* Organização para a Segurança e Cooperação na Europa, instituição com sede em Viena, muito presente na política albanesa. (N. T.)

A fadiga dos traços, que deveriam acentuar o abatimento dele, tivera o efeito contrário. A causa aparente fora um grande vazio em seus olhos, um fragmento de olhar que parecia não pertencer a ninguém.
Sentaram-se por um momento no sofá, meio abraçados. Por que ele não desconfia? Por que se comporta mais uma vez como se eu lhe pertencesse?
Aquele fragmento vazio do olhar dele não a largava.
No banheiro, ao se preparar, reparou numa mancha escura em sua coxa, vestígio de uma mordida do eslovaco.
Secretamente desejara que ele a notasse. Convenceu-se agora de que não me possui? Que maluquice, pensou. Atrás da porta fechada ouvia-se o toque do telefone.
Quando ela deixou o banheiro ele ainda estava falando.
O que há com você?, ela perguntou ao se deitar ao lado dele.
Ele a acariciou sem responder. Fizeram amor quase sem se falarem. No restaurante, enquanto folheava o caro cardápio, pensava na turma da boate que estaria reunida àquela hora. Olhariam longamente para o lugar dela, vazio, sem atinar por que não fora. E mesmo que ficassem sabendo, nunca entenderiam a verdade. Iam achar que ela preferira o luxo do homem do poder ao pobre estudante com alma de artista que se cotizava para pagar a pizza, conforme o conhecido clichê.
Que achem o que bem entenderem, pensou. O vinho tinto, ao lado do verniz carmesim nas unhas que sustinham a taça, produzia como sempre aquela leve embriaguez que tanto a agradava como prenúncio do amor. Depois do restaurante ficaram um pouco na boate. Tire isso da cabeça, dissera ela acariciando-lhe a mão. Quando ele indagara isso o quê, ela prosseguira: Você sabe, as más notícias.
O telefone tocou quando já passava da meia-noite. Que horror, gemeu ela. Não fazia ideia de que horas eram. Duas da ma-

nhã. Está louco?, disse. Ele falava. Quem telefonara àquela hora não podia estar regulando bem. Puxou o travesseiro por cima da cabeça, num esforço inútil. Ouvia tudo. Ele continuava a dar respostas, em inglês. Penso que é um levante comunista... Sim, tenho certeza... O retorno ao poder pelas armas... É terrível, sem dúvida...

Apesar da raiva, ficou curiosa com o que ouvia. Captava a conversa aos pedaços... A única solução é intervir... Imediatamente... Pode ser visto como uma invasão?... Por quem?... Aha... Antes, sim, agora, de forma alguma...

Quando ele largou o telefone, ela apoiou-se num cotovelo. Era de Bruxelas? Ele disse que sim. Depois acrescentou: O governo da Albânia foi derrubado.

Entendi. Por algum tempo só se ouviu a respiração dos dois. Você defende uma intervenção militar? Ele fez que sim com a cabeça. Creio que não estou errado. Antes isso se chamava traição, disse ela. Na escola, só se falava disso. Eu sei.

Ela afagou-lhe os cabelos. Calma, querido. Já são mais de duas horas.

Na boate a turma com certeza estava se despedindo. Podiam ter feito todo tipo de suposições, menos que ela estava na cama com um homem que acabara de falar ao telefone sobre coisas que amanhã estariam nas manchetes dos jornais.

Talvez amanhã ela mesma acharia aquilo um tanto inacreditável... Era fácil dizer que trocara a pizza da pobreza pelo luxo. Aquilo era outra coisa. Ele fizera dela uma mulher indecifrável. Bela, cheia de mistério, bem como ela sonhava na adolescência.

Uma tontura como raras vezes sentira liquefazia seu corpo. Abraçou-o suavemente, murmurando-lhe palavras meigas ao ouvido. Desvie a cabeça disso. Tinha um pressentimento de que tudo ia acabar bem. E ninguém consideraria aquilo uma invasão. Ela morria por ele. Vem, querido.

Logo depois do amor, a noção de que ele não era o seu homem atravessou-a com aquela crua e repentina lucidez que o orgasmo proporciona. Com a aproximação do sono, abrandou-se até certo ponto a sensação abissal da perda inevitável, enquanto aflorava com naturalidade o raciocínio de que, a despeito das leis, talvez ele fosse realmente o seu homem.

Depois do café da manhã, ele disse que se apresentaria no seminário e voltaria assim que possível.

As perguntas, onde você esteve ontem à noite, procuramos por toda parte, te esperamos, revelaram-se mais aborrecidas do que ela imaginara. Você podia pelo menos ter avisado, dissera o eslovaco. Não deu, fora a resposta dela. Chegou inesperadamente uma pessoa da Albânia. O governo de lá foi derrubado. Ah, fez ele, então é por isso que você anda triste. Claro. Ele deu de ombros: desde que se fora, pouco se importava com a Eslováquia. Nem queria ouvir seu nome.

Ela sabia. Muitos albaneses diziam o mesmo.

Uma hora depois, enquanto ela quase corria rumo ao hotel, o vento de março obstinou-se em arrancar-lhe algumas lágrimas. O olhar dos dois recepcionistas pareceu-lhe estranho. Um deles entregou-lhe um pequeno envelope. Minha cara. Tenho de partir às pressas. Você pode imaginar o motivo. Beijo. B.

As lágrimas finalmente jorraram.

Com um movimento brusco, como se descobrisse subitamente o registro capaz de deter a torrente das lembranças, Rovena cortou o fluxo d'água.

O silêncio pareceu-lhe ainda pior. Convenceu-se de que ele ainda não voltara ao quarto. Como se buscasse algo para preencher aquele vazio, empunhou o secador de cabelo. Salvara-se do barulho da água para cair naquele rugido insano que combinava às mil maravilhas com sua cólera.

Você vai me contar finalmente o que não é mais como antes, pensou, transbordando de azedume.

Fazia tantos anos que estavam juntos e ela nunca pronunciara aquelas palavras. Nem durante as angústias de Haia, às vésperas do grande julgamento. Nem mesmo nas piores brigas durante sua história com Lulu.

Ao longo de todo aquele inverno, os olhos frios do psiquiatra apareceram ora à direita, ora à esquerda do espelho. Sua crise é rara porém conhecida. Você está vivendo uma superação, uma substituição. E, embora conheça essa experiência, acredita que ela possa ser indolor. Esquece que mesmo uma mudança de casa é algo traumático para uma pessoa, quanto mais o que está passando. É como mudar para outro planeta.

Depois do médico, na rua, antes mesmo de voltar para casa, ela conseguira descarregar metade do seu rancor pelo telefone. Eu agora mudei, entendeu? Você não é mais o que era para mim. Não é mais o meu dono, compreendeu? Nem sequer é tão terrível quanto pensa.

Nada era mais como antes... Fora ela quem pronunciara primeiro aquelas palavras de Bessfort que tão forte a tinham marcado. Agora talvez fosse a vez dele.

Vingue-se, o que está esperando? O barulho ensurdecedor confundia suas ideias. Mesmo assim chegou a pensar que não era do tipo que paga na mesma moeda.

A não ser que também ele tenha feito uma superação, cogitou. Contam que o Conselho da Europa está cheio de gays.

O desligamento do secador provocou um silêncio duas vezes mais profundo que o do chuveiro.

A não ser... que... nesse meio-tempo... ele tenha feito... a superação...

As últimas palavras tombavam lentamente como folhas ao fim de uma tempestade.

Em meio ao silêncio, ela voltou a se sentir indefesa. Mas em seguida seus olhos fixaram-se nos artigos de toalete sob o espelho. O primeiro que sua mão apanhou foi o batom. Aproximou-o dos lábios, mas o movimento nervoso fez com que o bastão escorregasse para um lado. Como se o traço rubro a incitasse, em vez de redobrar os cuidados fez um borrão ainda pior.

Também posso parecer uma homicida, disse consigo. Como você... meu senhor.

O rangido de uma porta a paralisou. Junto com o grito interior "Ele voltou", metade do seu azedume derreteu-se num instante.

Agitada, como quem apaga seus rastros, pôs-se a limpar do rosto as marcas vermelhas do batom.

Acalmou-se um pouco quando começou a maquiar os cílios. Como sempre, o ritual de embelezar-se clareava seus pensamentos.

Pensou ser capaz de um sorriso, mas o rosto ainda não obedecia.

A suposição de que quanto mais bela ficasse mais facilmente arrancaria os segredos dele ia se transformando em certeza. Qualquer um se impunha aos outros com uma máscara no rosto.

4. Mesmo dia. Os dois.

Tal como ela esperara, ele fez uma expressão de assombro ao vê-la. Agora compreendo por que você demorou tanto.
Faz tempo que está me esperando?
Ele olhou o relógio. Tinham sido uns vinte minutos.
É?
Ele tomara um café lá embaixo, depois subira, mas ela ainda estava no banho. A vista do terraço estava uma beleza. E você, como está?
Ela tocou as faces. Não sei como me veio à lembrança... Ela recordara, sabe-se lá por quê, de uma velha cigana. Não lembra? Já falara dela. Aquela cigana que tinham expatriado por nossa causa.
Ele certamente lembrava. Talvez se sentisse culpado. Prometera fazer alguma coisa por ela. Em casos assim havia indenizações, pensões especiais. Dê-me o nome dela e o endereço. Desta vez não vou esquecer.
Se é que ela ainda está viva, disse Rovena. Seu nome era Zara Zyberi. Tinha também o nome da rua, Him Kolli, só não

lembrava o número. Sabia apenas que havia um pé de caqui no quintal.

Ela acompanhou com os olhos a mão dele escrevendo e mais uma vez conteve as lágrimas a custo.

Depois do café da manhã, saíram para um passeio. Era quase o mesmo ritual da procura de uma boa confeitaria ou café. Em Viena era muito mais fácil.

Aos pés da catedral, as charretes de tempos idos esperavam pelos turistas como sempre. Sete anos antes eles também tinham passeado numa delas. Estavam em pleno inverno. Nevava levemente, dando a impressão de que as estátuas faziam tímidos gestos para que se aproximassem. Ela pensava nunca ter visto tantos hotéis e ruas com "Príncipe" ou "Coroa" no nome. Fora o momento de sua última esperança de que ele mencionasse um casamento. Em vez disso, Bessfort comentara alguma coisa sobre a derrubada dos Habsburgos, única dinastia que se fora sem excessos de terror.

No café, enquanto acompanhavam com os olhos os dedos um do outro, tornaram-se pensativos. O pequeno rubi no anel dela cintilava como se sentisse frio.

Então, sem nenhum motivo, lembrou-se dos cartazes da última eleição municipal em Tirana e do restaurante Piazza, onde um padre *arbëresh** repentinamente pusera-se a cantar: "Bem no riacho da aldeia / Mataram o último dos Jorgo".

Quis contar a ela tanto de sua surpresa com os qualificativos que os candidatos atribuíam a seus rivais como principalmente daquele aldeão desconhecido, Jorgo, que a canção descrevia como o terceiro, ou décimo quarto, de uma dinastia, mas logo achou que os cartazes e o padre bêbado, tal como a maior parte das lembranças, não tinham relação entre si, além do que um

---

* Comunidade albanesa que emigrou no século XV para o sul da Itália e a Sicília. (N. T.)

véu de tristeza sombreara o rosto dela, radiante instantes atrás. Tampouco tivera tempo de contar-lhe o sonho com Stálin.

Ela já não escondia a súbita mudança em seu estado de espírito. Estavam juntos havia nove anos. Dera tudo àquele homem. Portanto, nem que fosse por isso ele não tinha o direito de estressá-la. Não tinha, principalmente, o direito de torturá-la com frases de duplo sentido.

Ele sabia que a pergunta "E você, como está?" era das mais desaconselháveis, nas circunstâncias, e mesmo assim a empregara.

Ela deu um sorrisinho zombeteiro. Teria sido melhor dirigir a pergunta a si mesmo. Fora ele que dissera que nada era mais como antes, e ela tinha o direito de saber o significado daquilo. Esperara toda a noite.

Ele mordeu o lábio inferior. Rovena encarou-o fixamente.

Você tem razão, disse ele. Mas acredite que não é fácil para mim falar disso.

Em um instante, tudo gelara outra vez.

Não fale, era o grito dela. Mas a garganta não obedeceu e fez o contrário:

Existe outra pessoa na sua vida?

Ai, meu Deus, pensou em seguida. Que frase era aquela, que parecia mais saída de uma velha sepultura? Gasta há tempos. Não por ela, por ele.

Ele também recordou. Inclusive muito vivamente, como os cartazes municipais, junto com a cabine telefônica vandalizada, perto do prédio dos Correios, a chuva viscosa e o silêncio dela.

Desde a pergunta dele, e você, como está?, ela insistira em silenciar. Ele, no entanto, quase gritara: Existe outro entre nós?

Empregavam as mesmas palavras, dir-se-ia que não tinham direito a outras, pensou ele, enquanto ela continuava a implorar em silêncio: Não, não me diga, nunca.

Dois anos antes, em um telefone público meio quebrado em Tirana, ele dissera: Quero saber.

Era a mesma situação, meu Deus. Apenas, ele, ao contrário dela, atrevera-se a fitar o abismo.

Ela, não, não queria saber.

Como ele suportara na época o seu silêncio?

Agora tinha a oportunidade de se vingar.

Já usara o silêncio. Restava apenas o golpe final, que ela pronunciara depois de calar: Será melhor você não perguntar.

Se há outra pessoa na minha vida?, disse ele. Pois bem, respondo: não.

Ela julgou que o relaxamento da tensão levara-o a cerrar os olhos. Sentiu ganas de apoiar a cabeça no ombro dele. As palavras a atingiam vindas de uma névoa pacífica. Não havia outra mulher. Era alguma outra coisa. Ela traduziu para o alemão, como se assim captasse melhor o sentido: *"Es ist anders"*.

Que seja qualquer coisa que ele queira, pensou. Qualquer coisa menos isso.

É mais complicado, continuou ele.

Você não gosta mais de mim como antes? Afastou-se de mim?

Eu não. Era algo que dizia respeito aos dois. Tinha a ver com a liberdade, aquela que ela demandava tantas vezes... Ele decidira dizer-lhe desta vez, mas agora sentia que não poderia. Faltava-lhe algo. Faltavam muitas coisas. Talvez outra oportunidade se apresentasse. Se não, tentaria uma carta.

Talvez não seja verdade. Talvez apenas pareça assim a você, como pareceu a mim?

O que pareceu a você?

Pois bem, que as coisas não são mais como antes. Quer dizer, que algo já não é como foi e você sustenta que nada mais é assim.

Não, respondeu ele.

A voz dele pareceu ecoar pela abóbada de uma igreja.

Por um instante ela acreditou captar o sentido do que ele dizia, mas em seguida ele se tornou obscuro. Talvez ele, tal como ela, se sentisse tolhido e tivesse querido escapar? Fora ela que gritara: tirano, escravizador, ao passo que ele fabricara em silêncio os grilhões da servidão.

Ela sentia estar, como sempre, um movimento atrasada.

Sentia-se exausta. A cabeça dele latejava. Na rua, as entradas dos hotéis e lojas com letreiros já acesos irradiavam uma ameaça diamantífera.

Em vez do almoço com Stálin, ele recordou a primeira carta dela. Tirana, congelada pelo inverno, com a temperatura abaixo de zero, finalmente parecia levar-se a sério. Assim escrevia ela. Ao passo que seu sexo, já que ele pedia notícias, inflamava-se catastroficamente.

Ele recordou outros trechos da carta, onde ela falava da espera, de um café que tomara na casa da cigana, de umas palavras que esta empregara mas que ela não ousava escrever, e novamente da temperatura abaixo de zero que envolvia tudo aquilo.

Reconstituíram quase toda a carta, acompanhando-a com sorrisos raros como o sol de inverno. Ao responder, de Bruxelas, ele escrevera que fora sem dúvida a carta mais bela que chegara naquele inverno ao norte do continente, vinda de um rincão distante, os Bálcãs Ocidentais, que a custo esperavam a hora de entrarem na União Europeia.

Depois, quando tinham se encontrado, ele ardia de impaciência para ouvir as palavras da cigana. Havia ali outro erotismo, segundo ele, vindo de uma era obscura e muito, muito remota.

Ela quis chorar. Evocar cartas de amor não era um bom sinal.

Ele quisera ouvir as palavras da cigana na cama, antes de fazerem amor. Ela as dissera baixinho, como se murmurasse uma prece. Indagada se, quando a cigana falava, pedira para ver o seu sexo, ela respondera que não fora preciso, ela mesma o mostrara, sabe-se lá por quê, de forma espontânea, como da outra vez... Não, não, ela não parecia ser lésbica. Ou, mais precisamente, naquele alento dela o lesbianismo podia estar mesclado com outras coisas... Mas você é mesmo um bruxo...

Depois do almoço os dois quiseram descansar. Quando saíram de novo caía o crepúsculo. As coroas monárquicas sobre as portas dos hotéis, que em outros países o terror pusera abaixo, embora fatigadas permaneciam expostas.

Ao fim do passeio, tinham se achado de novo aos pés da Catedral de São Estéfano. Devido ao crepúsculo, seus vitrais mudavam de colorido como se provassem diferentes máscaras. Ora pareciam se reavivar, ora se apagavam como mortos.

Inclinado sobre ela, Bessfort sussurrava palavras de amor. Ela quase não acreditava em seus ouvidos. Fazia tempo que coisas assim vinham rareando, primeiro por parte dele, mais tarde dela também.

Era como uma música esquecida que retomavam, inacreditável. Agora há frieza entre nós, dizia ele num tom suave. O incrível era que aquelas palavras não assustavam a ela, ainda que assim devesse ser. Até a palavra "casamento", entre as outras, soava assim, fingida como um sonho. Sete anos antes, quando tinham estado ali pela primeira vez, ela esperara em vão por aquela palavra. Agora ela chegava, com tanto atraso e ainda por cima mudando constantemente de sentido. Você aceita ser minha ex-mulher?

Quis interrompê-lo: Que delírio é este? Contudo, julgou mais razoável esperar. Não era a primeira vez que ele soava confuso. Chegara a dizer em uma das brigas telefônicas: Você me diz para consultar um psiquiatra, mas é você quem mais precisa de uma consulta.

Ser sua ex-mulher?, ela o interrompeu por fim. Você disse isso mesmo?

Ele a beijou levemente. Ela não devia levá-lo a mal. Era algo que se ligava à conversa que tinham tido em outros tempos. Muito bem, veja só no que deu essa conversa.

A voz dele era um sussurro tal como antes de se beijarem pela primeira vez. Ela devia tentar entender. O tempo do amor deles aproximava-se do fim, se é que não tinha acabado. A maior parte dos desentendimentos e até dos dramas humanos vem de que as pessoas justamente não reconhecem esse prazo. Elas sabem distinguir com clareza o dia da noite ou o verão do inverno, mas são cegas para o tempo do amor. E assim, cegamente, chocam-se com ele.

Você quer que nós nos separemos? Por que não diz logo?

Ela falava, segundo ele, conforme o padrão banal de todo mundo. Em outras palavras, de um barro ordinário. Todo o raciocínio banal de todo mundo, por desgraça dominante e supondo impor as leis, vinha do barro. Já ele buscava escapar, achar uma brecha, uma saída distinta.

Rovena não fazia mais esforço para entender. Talvez ele se alivie falando assim, pensou. Para Bessfort, os dois se achavam por enquanto num divisor de águas. Depois dele, os últimos raios do amor se apagariam como o sol ao entardecer. Então começaria a fase negativa. Esta se pautava por outras normas, mas as pessoas não queriam admiti-las. Entravam em conflito com elas, sofriam, feriam umas às outras, até que um dia compreendiam aterrorizadas que o amor se reduzira a cinzas.

Fale, pensou ela. Não perca o fio.

Já era tarde, claro. E era precisamente aquilo que ele desejava evitar. Que percorressem aquele roteiro crepuscular. Que buscassem um outro, onde ainda havia sol. O mergulho de Orfeu no inferno para arrebatar Eurídice talvez devesse ter outra leitura. A morta não era Eurídice, mas a paixão. E Orfeu, no esforço para reavê-la, em algum momento deve ter cometido um erro, talvez por precipitação, e mais uma vez a perdera.

Mas você mesmo disse que o amor encerra em si um problema, pensou ela. Assim dissera ele tempos atrás: que duas coisas no mundo provocavam dúvidas sobre sua existência: o amor e Deus. A terceira delas, a morte, o ser humano, como se sabia, só podia constatá-la nos outros.

Dois anos atrás, no auge do caso com Lulu, ele dissera que perdoava todas as palavras amargas, pois ela lhe parecera enlouquecida. Agora ela faria o mesmo. Ele parecia exausto e com certeza não andava bem dos nervos.

No hotel, depois do jantar, após perguntar se havia algum recado para ele, fixara uns olhos cheios de suspeitas na recepcionista.

De onde espera a mensagem?, perguntou ela.

Ele sorriu.

Aguardo uma convocação. Uma notificação judicial.

Ah, disse ela, procurando manter a expressão irônica.

Não estou brincando. Espero realmente a convocação para um processo. Talvez o último dos processos...

Ele evitou encarar Rovena pelo espelho do elevador.

No final das contas eles me encontrarão, disse em voz baixa.

Você está cansado, Bessfort, disse ela, aproximando a cabeça do ombro dele. Você precisa descansar, querido.

Na cama ela procurou ser tão meiga quanto pôde. Segredou-lhe frases enaltecedoras, algumas com duplo sentido, como ele gostava de ouvir antes de fazerem amor. Depois, quando ele estendeu-se ao seu lado, perguntou, bem baixinho: Como era... a sua ex-mulher?

Ele recorreu a seu último alento para responder.

Sublime, repetiu Rovena silenciosamente.

Ele meditava cada vez mais amiúde sobre o sabor absolutamente extraordinário do encontro entre os dois depois do caso com Liza. Sabia que algo acontecera, mas nada mais. Menos ainda que se tratava de uma mulher. À luz pálida do abajur, o rosto dela parecia cada vez mais alheio e indecifrável, tal como então. A esperança de experimentar outra vez aquela sensação, semelhante à expectativa de sonhar novamente um sonho de incomparável meiguice, daqueles que pareciam vindos de outros mundos, de superlativa suavidade, cintilava fortuitamente por uma e única vez na vida de uma pessoa.

Liza, aparentemente, fizera parte do divisor de águas, indispensável para provocar a alteração.

O que fez você pensar nisso?, quisera saber Rovena quando ele a inquirira.

Ele tentara sorrir, depois dissera "Nada, à toa", porém ela não ria mais. Você continua escondendo alguma coisa de mim, disse com voz cansada. Não acha que já é demais?

Talvez. Ainda assim não me sinto culpado.

Ele disse que não se sentia culpado ainda que soubesse que o homem, por mais dissimulado que fosse, seria sempre um amador quando comparado à mulher.

Vocês todas, você, queira ou não queira, é o suprassumo da dissimulação, murmurou ele, acariciando-a sob o ventre. Ninguém, nem mesmo ela própria, jamais discernia o que se ocultava atrás daquela muda fenda. A menos que os olhos da cigana tivessem alcançado enxergar.

Enquanto ouvia, ela se lembrou, num impulso, do WC das meninas na escola e de uma frase rabiscada: "Rovena, adoro seu sx...". Ela entrara na classe completamente perturbada, sem conseguir atinar qual das meninas podia ter feito aquilo. Ora pensava em uma, ora em outra. E depois de cada suspeita vinha a pergunta: o que sabia a outra do seu sexo? Ninguém o tocara, ou sequer o espiara, exceto sua mãe. No intervalo seguinte fora de novo ao banheiro, mas o escrito desaparecera. Na porta grosseiramente pintada tinham colado um aviso: "Cuidado, tinta fresca".

Acho que não passa pela sua cabeça que eu esteja tentando parecer misterioso, disse ele, acariciando-lhe os cabelos. Ela beijou-lhe a mão. Oh, não. Ele não precisava tentar parecer. Ele era.

Oculta pela tinta, a frase parecia muitas vezes mais perigosa, e ao voltar para a classe ela sentira as pernas trêmulas.

Ele estava prometendo que aquelas perturbações passariam e na próxima vez tudo se esclareceria.

Você joga tudo para a próxima vez, disse ela, queixosa. É verdade que espera ser convocado para um processo? É verdade que nada é mais como antes? Diga pelo menos isso.

Ele não respondeu imediatamente. Tocou-lhe os cabelos, deixou uma mecha tombar sobre os olhos dela, como se fosse um véu, depois disse em voz límpida que sim, era verdade.

5. Trigésima terceira semana. Liza, segundo Bessfort Y.

Todos os dados coincidem sobre a trigésima terceira semana de Bessfort Y. em Tirana. Os excessos das noites de fevereiro pareciam ter exaurido a capital. Os raros arranha-céus de luxo se refletiam obliquamente um no outro. Enquanto andava pelo bairro outrora proibido, sem se decidir em qual café entrar, Bessfort Y. julgou ter captado nos vidros dos prédios o brilho carregado de rancor e inconsciência da cidade, tal como o espelhavam os jornais a cada dia. Processos, desabafos, dívidas, vinganças não consumadas à espera da sua hora, estava tudo ali.

Demorou-se, hesitante, na porta do café Manhattan, e em seguida no seu vizinho, até que sem refletir entrou no Sky Tower.

A vista era bela em qualquer época do ano no terraço envidraçado do décimo sexto andar. Daquela altura, as profecias dos jornalistas pareciam ainda mais dignas de crédito. Os quatro últimos andares do Sky Tower que abrigavam o café onde ele se sentara eram objeto de uma contenda judicial. Embaixo, aos pés do edifício, ficavam as fundações de outro arranha-céu, cujos alicerces junto com a terra eram motivo de um processo envolvendo os proprietários, a prefeitura e a embaixada suíça, da qual a obra se aproximara mais do que o permitido. Adiante, uma estátua continuava a provocar conflitos por outra razão, ligada a símbolos históricos e, por vias indiretas, ao choque de civilizações, implicando até a derrubada das torres gêmeas de Nova York.

Bessfort Y. conteve a custo um bocejo. Só agora ele reparava que na mesa vizinha a conversa se alternava entre o albanês e o alemão.

A Albânia cansa, dissera um colega, que morava na Bélgica desde 1990. Ela te irrita, ela te arrasa, e ainda assim você não escapa dela, acrescentara.

Os dois tinham concordado. Quanto mais você a xinga, mais irremediavelmente ela o envolve. É como o amor das putas, resumira o outro.

Rovena estava de novo em Graz. Conseguira prolongar sua estadia pela terceira vez. Por sua causa, dissera ela ao telefone.

Observou de soslaio a mesa vizinha. Era possível que um dos estrangeiros fosse o "biplomata". O contorno do queixo do outro trouxe-lhe a certeza de que ele não voltara a dormir com Rovena, porém as olheiras avermelhadas diziam o contrário. Minha pequena, disse consigo. Como ela pudera suportar tudo aquilo.

Uma onda de saudades o invadiu brandamente. Precisava escrever por fim a carta que prometera no último encontro.

Um movimento na mesa do lado, acompanhado por olhares que se voltavam para os vidros, fez com que também ele se virasse. Na avenida principal, o trânsito estava interrompido em ambos os sentidos. Alguém apontou com a mão uma multidão que se agitava na praça Madre Teresa.

— Mais uma manifestação — disse o garçom ao recolher o cinzeiro. Reclamam a devolução das propriedades.

Os cartazes eram manchas claras por sobre a multidão, sem

que se distinguisse seus dizeres. Diante da sede do governo, postava-se uma dupla fileira de policiais com capacetes, atentos.

Bessfort encomendou um segundo café.

Houvesse o que houvesse, não devia demorar com a carta, pensou. Uma carta, junto com dois ou três telefonemas, aliviaria metade do fardo. O nome de Liza, bastante citado em Viena, era um gancho adequado para os dois retomarem o fio do diálogo interrompido.

— Não são ex-proprietários — disse o garçom ao trazer a xícara de café. — São os *chams** indignados com o governo.

— Com qual governo? — quis saber Bessfort. — O albanês ou o grego?

O garçom deu de ombros.

— Talvez com os dois. Toda vez que há um acordo bilateral eles saem às ruas.

A manifestação ainda estava longe demais para que se pudesse ler os cartazes.

Liza era mais que um gancho, pensou ele. Talvez fosse a chave para desvendar o que estava acontecendo. Não por acaso, em Viena, depois de um longo esquecimento, os dois a tinham trazido à lembrança.

Dois anos atrás, passada a grande briga, ele inopinadamente descobrira o gosto sem precedente e sem igual de fazer amor com a mulher reencontrada. Com certeza era algo que vinha de longe. Um conflito nos primeiros passos do amor, que termina para retomar adiante seu início. Era ela e decididamente não era. Era sua sem nem de longe sê-lo. Uma estranha ainda que familiar em cada detalhe íntimo. Eventual e permanente. Uma fidelidade traiçoeira, escorregadia como se ele dormisse com um arco-íris.

---

* População de etnia albanesa, expulsa após a Segunda Guerra Mundial das terras que habitavam no noroeste da Grécia. (N. T.)

Desde o último encontro tudo que se vinculava de alguma forma àquele sentimento atraía sua mente. O sonho do renascimento com certeza tinha a ver. Da mesma forma que o tema do reconhecimento, que lhe parecera simples folclore nos anos de estudante, na faculdade. Agora assombrava-se com seu mistério. O genro que no leito de núpcias reconhece por um sinal que a noiva é sua irmã. Ou o inverso: a noiva que reconhece o irmão. O pai voltando depois de uma longa ausência e que toma o filho por inimigo, ou o inimigo por filho, e assim por diante, todas as histórias de incestos tidos como não consumados, porém com toda a aparência de terem sido realmente cometidos. Uma névoa encobria a quebra dos tabus, o perturbado desejo entre iguais no sangue, convertido em fábula pela vergonha e o pavor.

Você não é mais meu dono. Sua tirania acabou. Seu terror. Chega.

Bessfort voltou-se para a vidraça. Parecia ouvir a voz de Rovena ao telefone, cortada por soluços, duas semanas atrás, soando naquele instante lá fora.

A multidão de manifestantes se aproximara da sede do governo e ouviam-se claramente seus gritos.

— Não são nem ex-proprietários nem *chams* — anunciou o garçom, que também se aproximara.

O lilás era a cor dominante nos cartazes.

— Acho que são os "entendidos" — disse alguém na mesa vizinha. — É como chamam agora os gays e as lésbicas.

Ao telefone, Rovena estava irreconhecível. Fatigado, ele não sabia o que dizer. Acalme-se, escute, começara ele, e ela respondera: Não me acalmo, não escuto. Irritado, por fim ele desligara o telefone. Mas ela ligara em seguida. Não desligue como é o seu costume. Você não é mais... Basta, gritara ele. Você não regula bem. É?, dissera ela. Você acha? Então escute, e prepare-se para ouvir algo grave.

Você não é mais o que foi para mim. Eu gosto de outro. Entre desfalecido e surdo, era aquilo que ele esperava. Para sua surpresa, foi outra coisa que lhe chegou do outro lado do fio. Você destruiu minha sexualidade.

O quê?, dissera ele.

A ideia de que ela não estava bem fisicamente se impôs de súbito sobre tudo mais. Todas as palavras, os insultos, até as possíveis traições pareciam-lhe insignificantes. Fez um esforço para tratá-la melhor: Rovena, coração, fique calma, a culpa é minha, provavelmente, com certeza, minha, só minha, escutou? Não, não escutei. Nem quero escutar. E não pense que você é tão terrível quanto parece. Claro que não sou, e nem quero parecer. Ah, é? Você pensa o contrário? Pensa que pode invejar os índios da América que pintam os rostos para causar medo? Para seu espanto ela rira, até lhe pareceu ouvir a palavra "querido" sufocada pelo riso, como acontecia quando ele fazia um gracejo que a agradava. Porém a trégua fora curta. Imediatamente o tom dela voltou ao que era e ele pensou: Meu Deus, ela não está mesmo nada bem.

No dia seguinte ela lhe pareceu mais calma ao telefone, embora cansada. Fora ao médico... Com cautela ele tentara saber algo mais. Briguei com o namorado, fora a explicação dela. O médico dera a ela um calmante. E com certeza alguns conselhos. O principal: corte toda ligação com a fonte do mal. Quer dizer: com você. Seguira-se um longo silêncio. Você vai fazer a velha pergunta, sobre se existe alguém entre nós? Não, respondera ele. É o que você diz, mas está na sua cabeça. Porque mais uma vez você não entende que eu não sou mais sua escrava. Ele a deixara descarregar. Segundo ela, ele fora seu escravizador, fechara todas as janelas que se abriam para ela, para que não restasse a menor nesga de liberdade. Para tê-la integralmente para si, como faz todo tirano. Fizera-a consultar um psiquiatra. Mutilara-a, destruíra sua sexualidade.

Aqui ele a interrompera para dizer que, pelo contrário, ele... quer dizer, os dois, juntos, ela própria o repetira tantas vezes, haviam refinado sua relação como poucos, mas ela gritara: Justamente aquilo que não devia ser feito. Ele violentara a natureza dela. Sua psique... Foi isso que seu médico alemão pôs na sua cabeça?, interrompeu ele. Exatamente, fora a resposta.

A imagem dos seios dela fincara-se no cérebro de Bessfort junto com a afronta e a dor de não vê-la mais, dando à sua voz uma inesperada calma. Deixaria-a em paz, só uma coisa ela devia saber, ele não fora como ela dizia. Fora o seu libertador, não era a primeira vez neste mundo que um libertador era tachado de tirano. Assim como ocorria de o tirano ser tido como libertador.

Tinham sido mais ou menos estas as últimas palavras. O telefonema três semanas mais tarde transcorrera em meio a uma névoa. A voz dela estava diferente. Nenhum dos dois mencionou a briga. Ela disse que fora a Londres, numa visita de todo o curso. Que se interessara por esportes, principalmente natação, parecia que nada ocorrera. Mas quando ele indagou "Vamos nos ver?", fez-se silêncio. O que você acha?, insistira ele. A resposta fora inesperada: Não sei.

Por pouco ele não soltara um grito: Então, por que diabos você telefonou? E por que pergunta se nos veremos?

Ouça, prosseguira ela. Eu quero que nos encontremos, como antes, mas não quero mentir para você... Aconteceu uma coisa nesse intervalo...

Então era isso. Durante o prolongado silêncio ela parecera esperar pela pergunta que finalmente era a hora de fazer. Se havia alguém entre eles. Ele calara. Tinha feito a pergunta quando não devia e agora, que o momento chegara, nada dizia. Puta, ele vociferou consigo mesmo. Galinha das ONGs e das bolsas de estudo internacionais. Mas o que disse foi: Não quero saber.

A resposta dela também tardou. Talvez esperasse outra coisa. Quem sabe tomara as palavras dele como um sinal de desprezo. Ah, é? Não quer saber? Então fique sabendo: você não é mais o que foi; tenho outro dono.

Entendi. Inclusive faz tempo que sei... A resposta dela: No entanto parece que para você tanto faz. Porque é este o seu jeito. Agride até quando está de joelhos.

Nenhuma dessas palavras fora pronunciada. Agitavam-se em seu cérebro como pássaros perdidos que não acham uma saída. Ouvia-se sua penosa respiração. E por fim as palavras através dela: "Se é assim, vem...".

O voo foi cansativo. O avião pendia constantemente para um lado, ou assim lhe parecia. Um avião coxo, era só o que faltava. Semiadormecido, ele a imaginava diante do espelho no momento de se embelezar para o outro. Os cuidados com a escolha da lingerie, as axilas, o sexo. Uma extraordinária estafa, ardente e ao mesmo tempo desfalecente, retardava as batidas de seu coração. Se fora um outro que provocara o esfriamento, por que toda aquela fúria contra ele? Costumava ser o oposto.

Em certos momentos a chegada pareceu-lhe impossível, como em um sonho.

Avistou-a de longe, no mesmo lugar onde o esperara antes. A palidez a tornara ainda mais bela. Algo mudara no corte do cabelo e no jeito de inclinar a cabeça ao andar.

Abraçaram-se ligeiramente no táxi, como através de um vidro. Era ela e não era. Ao que parecia tinham brotado aí as palavras que imperariam no cérebro de Bessfort por dias a fio, começando com "re", reconhecimento, renascimento. Deitar-se com ela parecia agora mais impossível que ter chegado até lá.

Ela reservara o hotel... Ele tentaria deduzir algo de seu aspecto, a portaria, o saguão e naturalmente o quarto e a cama, grande e de casal, ou então dois leitos, separados como as sepulturas de amantes de outrora, tal como vira num cemitério japonês em Quioto, sob lápides de mármores onde se gravara sua triste história.

Enquanto o camareiro do andar abria a porta, o coração de Bessfort voltou a bater mais lentamente. Um lampejo tranquilizador passou por seus olhos antes mesmo de avistar a grande cama com uma colcha, repleta de crisântemos melancólicos como num vaso japonês. O leve vaivém dela enquanto arrumava as coisas não parecia deste mundo. Tudo ocorria em silêncio, como se fosse realmente pintado num vaso, inclusive a fala dela, "Espere-me um pouco", ao entrar no banheiro, com o rosto baixo, sem a olhadela brejeira que prenunciava o prazer.

Eis o mistério que há tanto tempo o abalava, pensou, quando a porta do banheiro se fechou. Parecia-lhe completamente inconcebível que ela fosse sair dali tal como antes.

Deixara-se ficar ali, num canto do leito, tal e qual no cemitério japonês, à espera de sua noiva, como em 1917, como em 1913, como sabe Deus quando um macho balcânico o fizera, com o desejo atiçado por anos de custoso noivado. Ou talvez, pior ainda, como um louco a confiar na volta da noiva arrebatada por outro, quem sabe pelo próprio destino.

Por fim ela saíra. Meu Deus, abismara-se, era a noiva do Kanun,* totalmente desconhecida e branca como cal. Cabisbaixa, ela avançara para o leito e estendera-se imóvel a seu lado. Ele tivera a sensação de que todos os gestos de outrora estavam esquecidos. Curvou-se sobre o rosto dela, os lábios tal como os olhos permanecendo distantes, e em vez de beijá-la indagou: Alguém os tocou?

Ela aquiesceu com os cílios.

Pelo robe entreaberto viam-se os seios, participando da in-

---

* Antigo código de honra consuetudinário albanês. Ver a respeito, do mesmo autor, *Abril despedaçado*. (N. T.)

discrição mais do que os lábios. Ele fez-lhes a mesma pergunta e a resposta foi idêntica.

Não sabia se seu corpo suportaria aquela vertigem onde não se distinguia sofrimento de desejo. Pensava em quem teria sido o felizardo.

Acariciou-lhe o ventre e depois o sexo. Fez a mesma indagação sobre este e ela repetiu o movimento dos cílios. Quer dizer que você foi até o fim, pensou, mas disse apenas: Quer dizer?...

Rovena não respondera. Seu gemido, ao contrário de outras vezes, fora contido, como que sugado por dentro, e ele comentara consigo: Claro.

Em vez de música, a longínqua sirene de um carro de polícia acompanhara os últimos momentos de amor.

A sirene subitamente aproximou-se, quase a mesma daquela noite em Luxemburgo. Ele acreditou ter nas faces um sorriso, provocado pela ideia de que, tendo a polícia albanesa se equipado com novas viaturas ocidentais, suas sirenes tinham sido pioneiras em dar à Albânia um ar europeu. Voltou-se para a vidraça para ver. Aparentemente um enfrentamento tivera início na avenida principal. Estão jogando gás lacrimogêneo, disse alguém mais próximo. Via-se gente agitando-se e levando as mãos aos olhos, como quem afasta um fantasma. A cabeleira do diplomata "bi" parecia em chamas. Recordou que os ruivos eram insaciáveis no sexo. Minha coitadinha, pensou, quem sabe o que precisou suportar.

Fora mais ou menos o que lhe ocorrera quando, depois do amor, desabara exausto ao lado dela.

Vinham-lhe desordenadamente à lembrança coisas que ela dissera ao telefone, de mistura com outras que ele imaginara, com uma sintaxe distorcida como as fórmulas dos rituais: A sexualidade minha você destruiu.

Outros a dilaceraram e é a mim que você culpa, pensara.

Repetira depois do amor a pergunta sem resposta, se ela fora até o fim. Ela hesitara, até que afinal dissera: Depende de como você encara.

Falando baixo, como se não quisesse quebrar aquele marasmo, ele dissera que aquilo não fazia sentido, pois se o outro a beijara e a afagara toda, naturalmente fora até o fim... quer dizer...

Ela dera a mesma resposta, depende de como você encara. E ele: Então por quê? Seria impotente? Não, contestara Rovena depois de um longo silêncio. Era uma mulher.

Ah. Todo o seu ser assim reagira. Ah, então aí estava. Por um instante mergulhara numa completa confusão. Parecia-lhe que achara a explicação que tudo esclareceria. Mas as interrogações se agitavam loucamente em seu cérebro. Se uma mulher a atraíra, por que esse impulso, esse prazer novo, em vez de apaziguá-la provocara tamanha fúria contra ele? E de onde vinha todo aquele sofrimento, os gritos, a consulta a um psiquiatra?

Ela ouvia espantada. Como por quê? Era natural que assim fosse. Eu queria cortar os laços e você não deixava. Não traí você, entenda, isso foi tudo.

Imediatamente tudo lhe parecera simples. As palavras dela o derrubaram no travesseiro como se fossem um sonífero. Ela também queria dormir. Os dois tinham desmoronado para despertar duas horas depois como em outra era. Como se ele a tivesse reencontrado. Mas continuava inseguro. Era como uma paisagem sobre um espelho d'água, que o mais leve tremor podia dissipar.

Cautelosamente, ele reconduzira a conversa ao tema onde haviam parado. Ouviu pela primeira vez o nome de Liza, assim como as circunstâncias em que tinham se conhecido. A boate onde ela tocava piano aos sábados. A troca de olhares. O telefonema. O primeiro beijo, no carro.

E depois? Depois já se sabe...

Eu não sei nada, dissera ele, com uma curiosidade quase feminina. Diga-me tudo... Conte-me como vocês faziam.

Como fazíamos? Na realidade eu não fazia nada. Era ela que... me fazia... Eu apenas recebia.

Parecera-lhe que ele nunca ouvira um relato tão sensual. Com exceção do da cigana.

Conte de novo, dissera, quase suplicando. Conte tudo.

Ela lhe contara sobre as perturbações da adolescência na hora da ginástica, quando as garotas se despiam. Dava a impressão de que ela tivera aquela tendência desde aquele tempo, como muitas meninas, mas nada de excepcional. Não era lésbica, como ele poderia achar. Fora mais uma escapatória provocada pelo medo dos homens. Medo por causa dos peitos, que pareciam a ela menores do que deviam ser. Com Liza ela se tornara ainda mais mulher.

Mais mulher, pensara ele. Como seguir adiante?

Ela o beijara pela primeira vez no pescoço, mas com frieza. No fundo, tudo que fiz até agora foi por você.

Retornara às palavras ditas logo depois de fazerem amor. Ainda ofegante, ele dissera que ela o culpava por tudo que acontecera. Deixara-se atrair por uma mulher, descobrira uma experiência nova, delirara de prazer... e o culpado era ele. Em plena tempestade, consultava um psiquiatra, por motivos que permaneciam obscuros, e mais uma vez isso era responsabilidade dele. Cabia a ele arrepender-se, pedir desculpas.

Dissera apenas uma fração dessas palavras. E mesmo assim confusamente, aos pedaços. Ela ouvira em silêncio, depois, com a mesma brandura, dissera: Mas foi realmente assim, por você.

Bessfort sentiu-se incapaz de um acesso de cólera. Mas isso não impediu sua voz de soar fria.

Gostaria que me dissesse uma coisa. Mas com clareza, com precisão. Quando falou ao psiquiatra dos motivos de sua perturbação, que expressão você empregou: uma briga com o namorado ou com a namorada? Acho que são palavras distintas em alemão.

Ela suspirou. Não negava que tinha tido uma discussão com Liza. Mas o origem sempre fora ele. Ele a invadira, e não a largava. Ela tentava escapar da armadilha mas não conseguia. Por isso brigara com a namorada... Ela se debatia, batia as asas, gritava.

Todas as conversas sobre Liza terminavam assim, inconclusas. Não só devido a ela; também ele não a instigava, parecia ter medo que a névoa se dissipasse. A reconquista de Rovena se prolongara longamente. Ele próprio não tinha certeza de qual Rovena preferia, a primeira, límpida, ou esta, difícil, portando uma máscara impassível, com uma dupla existência.

Toda vez que ela se aproximava um pouco, ficando mais acessível e risonha tal como antes, ele se ressentia da ausência da máscara. Como voltar a sentir aquele sabor do outro mundo, vindo de zonas remotas e sem fronteiras?

Às vezes parecia-lhe simples. Embora ele não quisesse admiti-lo, não fazia mais que reproduzir as aflições de milhões de homens que se empenhavam em recuperar o gozo perdido. A relação entre eles se prolongara muito e tanto as revistas como a internet estavam repletas de endereços de clubes de relacionamentos e todo tipo de fórmulas para casos assim.

Certa noite, diante da vitrine de uma sex shop em Luxemburgo, enquanto observavam uma boneca inflável, ela dissera em tom zombeteiro: Compre-a, já que está tão atraído. Eu a compraria, respondera ele, sério, com a condição de que você estivesse dentro.

Rovena mordera os lábios, sem saber como encarar o comentário.

Ele próprio não conseguiria explicá-lo cabalmente. Nunca desejaria que ela perdesse aquele véu de mistério que adquirira depois do caso com Liza. Mas por outro lado sabia que era uma aspiração impossível. As semanas iam passando e eles voltavam a ter a intimidade de antes, o que sem dúvida era uma maravilha. Repetira aquelas palavras, mas no fundo sabia que era menos uma maravilha que uma tranquilidade. Se ele se aborrecia com ela, que apanhasse uma máscara, dizia ela, uma daquelas atrizes japonesas maquiadas como pó de arroz, camadas e camadas de mistério, tal como dormir com uma donzela que se ergueu do túmulo. É isso que você quer?

Naturalmente ele chegara à conclusão de que aquele sabor de sonho só podia ser provado com alguém que já fora muito próximo e depois se afastara. Afastar Rovena outra vez, tal como dois anos atrás. Perdê-la para reconquistá-la.

Ele próprio se dava conta de que eram pensamentos insanos. Compreendiam situações antagônicas, que se excluíam entre si.

A incapacidade de o cérebro humano romper o muro que o limita repentinamente fez-se tangível para ele. Em última instância, o próprio cérebro era um instrumento feito do mesmo material que o universo. Opressivo material que o controla. E na medida em que todas as coisas eram integralmente feitas da mesma massa, não restava a menor esperança. Dormir com um arco-íris... Talvez não fosse casual a ligação entre passar por ele e a sexualidade... Em outros tempos coisas assim deviam ter ocorrido, arco-íris atravessando casualmente o muro para confundir nossos cérebros. Mas onde? Era sempre o mesmo universo, meu Deus, a não ser que houvesse outro, uma zona dissidente, com outras leis de ponta-cabeça, buracos negros.

Ele talvez devesse tomar um calmante para escapar de tamanha febre. E parar de tomar tanto café.

A tentação de brincar com Rovena como quem faz roleta-russa talvez realmente brotasse de regiões obscuras. Mas tampouco se sabia de onde vinha a obsessão dela por liberdade. Ele sentia que ambas de alguma forma estavam conectadas, assim como também a indagação sobre se o amor existia.

Ele sorriu à ideia de que havia casos em que também a liberdade podia ser proporcionada à força. Encomendou um terceiro café, sem ousar tocá-lo.

Na avenida, os garis varriam farrapos de faixas pisoteadas durante o confronto. Os rastros da curta explosão de raiva que acabara de passar iam se apagando, para dar lugar àquele velho e permanente rancor que tem a ver com os julgamentos e testamentos de tempos remotos, boa parte em línguas extintas e marcados por sinetes otomanos.

6. Fim da mesma semana. Rovena.

Por toda a semana ela se preocupara. Acreditara que acharia algum alívio em repetidos telefonemas. Depois, achara que era justamente a sua frequência que havia aumentado seu mal-estar. Experimentara a solução oposta, mas o espaçamento tinha se mostrado ainda mais insuportável.

Não devíamos ter falado tanto de Liza, pensou. Fazia quase dois anos que não a recordavam e de repente ela voltara, como uma nuvem maligna, durante o encontro em Viena. Às vezes acho que foi de propósito que você nunca quis ouvir a história completa de meu caso com ela. Para me torturar com perguntas não formuladas, desconfianças que você dá a impressão de ter mas não manifesta nunca.

Quantas cartas sobre isso já iniciei e rasguei. Quantos monólogos solitários me estafaram. Mesmo quando estávamos juntos e eu começava meu relato, sentia você arder de impaciência para chegar ao ponto culminante, o único que o interessava. Seus olhos pareciam atentos, mas isso não era verdade. Um véu estava sempre ali. Por trás dele, um tanto distante, você ouvia a descrição da boate onde conheci Liza, o modo como ela mantinha um copo de cerveja ao lado do piano.

Minha velha perturbação, o olhar dela, o meu que respondia, depois o beijo no carro, a mão dela sobre a minha coxa, a lembrança do banheiro da escola e a minha mão que tomara a dela para aproximá-la do púbis, em seguida o gemido dela, o zíper que se abria para o que ela buscava...

Febril, você fazia sempre as mesmas perguntas, das primeiras às últimas: Ao abrir o zíper, como você própria sabia o que fazer? e, sem sequer ouvir a resposta, seguia adiante: Conte mais tarde, quando ela a possuiu, não sei se é esta palavra que vocês usam, quer dizer, possuiu por completo, por assim dizer...

Aqui normalmente a narrativa se interrompia, pois depois disso, quer dizer, depois de fazer amor, você se tornava distraído, de modo que eu nunca chegava a explicar que, mais do que aquela atração da adolescência, eu buscava outra pessoa para me libertar de você nem que fosse um pouco. E, inconscientemente, ao que parecia, meu desejo escolhera uma mulher em vez de um homem. Agi pensando em mim mesma, pois assim me parecia mais fácil. Mais fácil porque nenhum ponto de comparação poderia se estabelecer entre vocês. Porém tem mais, acredite: eu fiz isso por você. Para não insultá-lo com um rival. Enquanto você, bruxo dos infernos, amiudava os telefonemas justamente quando eu precisava descansar um pouco, ficar um pouco longe. Você me ligava todos os dias, contrariando seus hábitos. Eram as primeiras semanas com Liza e o motivo da primeira briga foi exatamente você. Ela tinha ciúmes, discursava horas a fio sobre sua teoria de que você não só era um estorvo na minha vida como violentara minha verdadeira inclinação sexual. Eu contestava como podia, dizia que você me fizera dupla, triplamente mulher. Ela ria com ironia do que chamava às vezes de minha ingenuidade e às vezes de minha ignorância das coisas do mundo. No auge da discussão, murmurava ao meu ouvido que eu fazia parte desse raro tipo de mulher a quem a natureza dá o dom de atingir os cumes do prazer, reservados apenas aos deuses, porém unicamente sob uma condição, afastar o obstáculo que me tapara os olhos, quer dizer, você. Enquanto isso, você, em vez de ajudar a resistir fazia o oposto. Quanto mais tensos ficavam nossos telefonemas, mais doces tornavam-se os sussurros dela, até o dia em que o inacreditável aconteceu, a única coisa que nunca contei e não tenho certeza se contarei algum dia: ela me pediu em casamento.

Aconteceu depois de uma briga banal, numa casa de chá, uma cena de ciúmes, inicialmente causada por mim, quando achei que ela tentava chamar a atenção de outra mulher e, para me vingar, fingi também estar interessada. Enervadas, terminamos as duas na casa dela, depois na cama, onde ela aplicou toda a sua maestria em provocar-me orgasmos como eu nunca tivera. Estamos unidas uma à outra, cochichava-me em meio às carícias: eu, a pianista; e você o piano que obedece aos meus dedos, e assim há de ser para sempre, cada vez mais divino, até o sétimo céu, aquele que muitos mencionam mas só a pouquíssimos é reservado, um punhado de eleitos. Como perita que era, disse, ou mais exatamente soprou, a palavra "casamento" no momento do êxtase, para atrelá-lo ali, como dizem que fazem os sadomasoquistas.

Voltei a mim no fim da tarde, exausta, em um estado instável, arco-iridescente, como você gosta de dizer. Eu estivera realmente perto de passar pelo arco-íris, um confuso sonho da minha adolescência, só que desta vez fora de um modo diferente, palpável, decisivo: pelo casamento com uma mulher.

A tristeza misturava-se à raiva de você, igualmente nebulosa, melancólica, amarga, uma raiva de que você nunca me tivesse feito a mesma proposta.

O véu do noivado, os padrinhos e tudo mais chegavam-me

à imaginação tão modificados como se não fossem deste mundo, e pensei comigo que de fato era assim, eu me casaria em um outro planeta.

Eu e Liza viajaríamos juntas para a Grécia; lá existia uma ilha onde, numa igreja esquecida, havia anos as mulheres casavam-se semissecretamente entre si. Dentro em breve tudo iria mudar. O Conselho da Europa já estava preparando novas leis e então não mais ocultaríamos nosso laços, na rua, nos cafés, nos concertos, onde já não afastaríamos os olhos uma da outra, uma na plateia, outra em cena.

Enquanto eu assim pensava comigo mesma, meu rancor por você não me largava. Consolei-me interiormente com meu sacrifício por você. À maneira das noivas de outrora que se casavam em outra cidade, para não ferir com suas bodas o amante que tinham abandonado, eu me casaria em outro mundo, o das mulheres. Assim eu gostava de pensar que o faria, não tanto como uma alegria, porém mais como um afastamento. Para não insultar outro compromisso, o inexistente compromisso do casamento com você.

O quanto eu esperara aquele véu na nunca esquecida viagem hibernal a Viena. Todos os luminosos, as logomarcas, as placas das ruas o sugeriam, o proclamavam aos gritos, dobravam os sinos por ele. Apenas você permanecia surdo.

Achava-me ainda na rua, em meio à embriaguez, à nostalgia da despedida, ao medo daquilo que viria, à raiva de você, ao impressionante vazio nas profundezas das quais ficava aquela igreja ilegal, quando você telefonou.

Desde o primeiro segundo aquele telefonema me pareceu esquisito, fora de hora. Sua voz também. E você sem dúvida achara fria a minha pergunta: "Que jeito de falar é este?". Depois da pergunta tudo saiu dos trilhos. Você falou com uma voz arrastada, o que me pareceu metade do problema. Subitamente a voz também me parcceu sarcástica. Zombava de tudo: de meu estado comovido, do véu, do noivado, da igreja surrealista. Implacável, demolidor, como em seus piores momentos, você descartou aquilo como se fosse um falso esplendor. Claro que perdi o sangue-frio. Foi quando, em meio à cólera, eu disse aquelas palavras que tanto o perturbaram sobre a destruição de minha sexualidade. Não nego, eram palavras de Liza, sua obstinada afirmação de que quando tivesse se esvanecido até a lembrança de meu corpo violentado, segundo ela pelas grosseiras interferências dos machos, eu estaria preparada para a instância suprema do amor.

Como se não bastasse, duas horas mais tarde, quando eu jazia inerme, depois de brigar com você, Liza telefonou. Afetuosa como nunca, e esperando o mesmo carinho de mim, primeiro assombrou-se e a seguir ofendeu-se com minha prostração. Então você anda desconfiada ou, pior ainda, talvez tenha mudado de ideia? Eu não conseguia me concentrar minimamente. Ela se inflamava mais e mais. Já não se iludia com minhas vacilações. Julgara que me fazia feliz com sua proposta, que fizera pela primeira vez na vida, e eu com caprichos. Eu disse: espere, deixe-me explicar, mas ela não ouvia mais. Depois me chamou de pérfida e eu disse que ela não sabia o que estava dizendo. Lançou-se então sobre você: Vai, fica com aquele terrorista, disse. Com aquele instigador de guerras que ainda vai terminar em algum processo de Haia. E você também vai estar lá.

Estranhamente, a fúria dela proporcionou-me uma certa calma. Sobretudo as últimas palavras. Ela fora pacifista e, portanto, contra o bombardeio da Sérvia, mas ao saber por meu intermédio que trabalho você fazia tornou-se duas vezes mais pró-Iugoslávia, por ódio de você.

À meia-noite eu ainda me encontrava confusa, hesitando em telefonar ora para você, ora para ela, ou em arrancar o fio do telefone. Vencida pela insônia e pela pressão baixa, mal esperara pela manhã para ir ao médico.

É verdade que usara as palavras "uma briga com o namorado". Mais tarde, como bruxo que é, você quis saber com exatidão toda a conversa. Em alemão, *"Geliebter"* e *"Geliebte"* pouco se diferenciam. Entretanto, como sempre ocorria, a pergunta bastou para inflamar meu cérebro. Insisti que dissera "briguei com o namorado". Era e não era uma inverdade. Eu falara assim, no gênero masculino, mas na verdade a frase compreendia os dois. Liza era mais "meu namorado" que "minha namorada".

No telefonema daquele dia você se transformou por completo ao ouvir a palavra "médico". Abrandou-se, desculpava-se sem parar. Senti que enlouquecia. Em soluços, te lancei um último desaforo. E imediatamente compreendi que perdera você. Meus impropérios, tirano, egoísta, sem-coração, misturados com os de Liza, tombavam como neve sobre uma couraça medieval. Você não só nem de leve os sentia como continuava a me pedir desculpas.

O vazio que se seguiu foi apavorante. O médico dissera que eu devia cortar laços com a fonte do mal. Um rompimento. Estranhamente, porém, sentia que esse rompimento ligava-se apenas a você. Enquanto Liza era o meu aborrecimento, você era o meu terror.

Eu enveredara subitamente por uma zona despovoada. Mais forte que o caos da briga, pesava-me o mutismo daquele lugar. Era um mundo turvo, onde verdade e inverdade mesclavam-se a duras penas. Assim era o seu perdão, baseado na mesma ignorância. Igualmente minha infidelidade, tão verdadeira como não. E também o casamento com Liza, assim como tudo que se seguira.

Agora você diz que nada entre nós é mais como antes. Justo na hora em que eu falei comigo: Graças a Deus, finalmente, depois de tantas tormentas, nos aquietamos, você lança estas palavras. Junto com elas a assustadora pergunta: Você aceita ser minha ex-mulher?, mais outras palavras confusas.

Você não me disse coisas assim no dia do nosso encontro após a catástrofe, quando eu, ainda prostrada, saindo de um sonho, dei por mim outra vez a seu lado no leito de amor. Nos catorze anos em que eu conhecia essa maravilha, aquela fora sem dúvida a nossa mais fabulosa união. Você disse que eu parecia vinda da lua. Até acrescentou que talvez fosse assim o sabor dos acasalamentos do futuro, quando um dos dois voltasse da viagem de trabalho a algum outro planeta.

Pois mesmo então você não disse que nada era mais como antes. E no entanto agora o diz, e até sinceramente.

Algo esvoaça ao vento, eu sinto. Assim como sinto que como sempre cheguei atrasada. É você quem aplica o primeiro golpe.

Golpeie. Faça o que tem a fazer. Apenas não me deixe só. Isto não é um caso de amor. É algo mais além. Você promoveu uma intrusão em mim, talvez uma dessas proibidas pelas leis secretas da natureza. Dizem que os amantes muitas vezes processam transferências antinaturais através das mucosas, numa espécie de incesto às avessas, em que o sangue nobre e o sangue forasteiro por equívoco se transfundem.

Se assim é, você deve obedecer a novas leis. Não pode ser meu ex-homem e proclamar-me sua ex-mulher. Pois se eu por engano tornei-me sua irmã menor você não pode me deixar, como uma andorinha cega e com as asas quebradas, neste mundo.

Você não deve fazê-lo. Você não pode.

7. Vigésima primeira semana. Tempestade de neve.

Visto pelas janelas do trem o furor da neve parecia duas vezes mais selvagem. A imagem mental do outro trem que conduzia Rovena não arrancou Bessfort Y. de seu torpor. Apenas lhe trouxe uma tranquilidade malsã, como a do efeito de um sonífero.

O que tinha de ser feito estava feito. Pouco depois da meia-noite, curvado sobre o travesseiro, sobre a bagunça dos cabelos dela, após o último soluço, quase temendo tê-la realmente sufocado, ele murmurara: Rovena, você está bem?

Ela não respondera. Ele tocara suas faces, depois sussurrara palavras meigas, que ela talvez tomasse pelas derradeiras, pois as lágrimas molharam seu rosto. Do seu balbucio Bessfort distinguira apenas a palavra "amanhã". Amanhã eles iriam embora em trens diferentes, porém, ao contrário de outras vezes, estariam libertos da angústia da separação. Amanhã, querida, você sentirá pela primeira vez o que quer dizer em outro lugar.

Durante as cinquenta horas que tinham passado juntos em Luxemburgo, só tinham falado dessa angústia. Ela ouvia com olhos cada vez mais tristes. A fadiga tornara sua oposição cada vez mais débil. Os mortos também não se separam. Ele murmurava que não, mil vezes não. Eles seriam livres como no primeiro dia da criação. Livres e portanto para sempre inseparáveis. Livres para se encontrar se quisessem. Para se cansarem um do outro. Para se esquecerem. Para se reencontrarem. Vivenciariam como ninguém mais a perpetuação do desejo. Cada vez que se vissem seriam desconhecidos que, porém, já tinham se encontrado em outro tempo, saídos de sonhos, como que de outro mundo. Mais ou menos como na fase que se seguiu ao caso de Liza, porém mil vezes mais forte. Ela devia ter fé e jamais alimentar ideias sombrias como na noite anterior, quando expressara a suspeita de que ele só fizera aquilo, só a tratara como uma *call girl*, ou, em outras palavras, como uma puta de luxo, para a emporcalhar e assim poder descartá-la mais facilmente quando chegasse a hora. Não, não, jurara ele; pelo contrário, desejaria fazer dela um ícone.

Enquanto ele falava, seu olhar repentinamente tornara-se cada vez mais contrito, insistente, como se dissesse: Quem a contaminou assim, minha querida?

Lá fora, depois de uma pausa a neve voltou a turbilhonar. Um viajante que acabara de entrar na cabina vacilando como um bêbado não tirava os olhos de Bessfort. Depois de olhá-lo por um longo tempo, falou.

— Não sei alemão — respondeu Bessfort.

— Ah — disse o outro —, então é assim. — Por um certo tempo resmungou consigo mesmo, antes de erguer a voz. — No entanto não é preciso saber alemão para compreender que Luxemburgo é um lugar ordinário. Posa de pequeno Estado exatamente para ocultar sua infâmia. Em todas as placas de sinalização a quilometragem está errada. E quando soa meia-noite as portas dos fundos dos bancos se abrem na surdina para os pedófilos arrependidos.

Bessfort levantou-se para ir tomar um café no bar.

O trem de Rovena talvez já tivesse saído da zona de tempestade. Inesperadamente sentiu um desejo de apertá-la contra si. Assim, com a cabeça em seu ombro, ela adormecera na madrugada anterior. Por volta das duas horas, despertara temerosa. Bessfort, Bessfort, dizia baixinho para que ele voltasse a si. Queria saber sobre as nossas conversas, o que vai ser delas? O quê?, indagara ele em tom culposo. Nossas conversas, depois da meia-noite, depois de fazer amor. Ah, sim, respondera ele. Naturalmente, nossas infindáveis conversas, você não tem motivo para temores, vão continuar como antes. É verdade ou você diz isso para me tranquilizar? É verdade, claro, querida, estou dizendo a verdade. As conversas entre as *call girls* e seus clientes já são algo consagrado. Veja o caso das gueixas. Metade da literatura japonesa deriva daí. Desculpe, dissera ela. Talvez a culpa seja minha, por adormecer. Se não me engano você estava contando alguma coisa sobre complôs, não é? Eu tinha onze anos quando aconteceu o último complô em Tirana. Lembro que todo mundo só falava nele. Mamãe aguardava a chegada de papai para fazer perguntas, nem mesmo esperou que ele tirasse o paletó, queria saber se havia alguma novidade. Era inverno. O primeiro-ministro acabara de se matar. Eu só pensava nos meus peitos, que demoravam para crescer. E você? Se não me engano você disse que ficou muito triste.

Ele respondera que sim. Era uma tristeza de certo tipo específico. Como um abismo. Uma infindável perda de esperança. Os complôs se sucediam um após o outro e depois de cada um deles o abismo se aprofundava.

Mas por quê?, insistira ela. De onde vinha toda a tristeza? Apesar de tudo, junto com o desapontamento com o fracasso deles devia restar um fio de esperança. De qualquer maneira era alguém que tentava algo, que arriscava a pele para derrubar a ditadura.

Ele movera a cabeça numa negativa. Aquilo absolutamente não era verdade. Ninguém tentava nada. Ninguém arriscava a pele. Os complôs eram falsos. E os conspiradores eram mais falsos ainda. Parece ridículo?

Nem um pouco, respondera ela. Parece-me apavorante.

Pois era exatamente assim. Talvez fossem os complôs mais horripilantes do mundo.

Com voz monótona, algo entre uma canção de ninar e um conto de fadas, ele falara longamente sobre o tema. Os falsos complôs vinham do tempo de Nero, talvez até antes. Complôs inventados em nome de uma ideia. Por razões de Estado. Para superar uma crise. Para dar pretexto a um ataque. Para aterrorizar. Instigados pelo medo e visando antecipar-se ao mal (veja só, você fez seu complô e nem por isso me derrubou). Açulados por mulheres. Por inveja. Por loucura. O mundo já os tivera de todos os tipos, mas, creia, complôs como os dos albaneses nunca se viu. Você tem o direito de indagar: Mas por que os urdiam, o que lucravam com isso? Digo-o logo, nada lucravam, exceto uma bala na nuca. E eles sabiam disso. Ainda assim continuavam a posar. Acha que estou inventando tudo isso? Acredite, não há o menor exagero; ao contrário. Então você pode indagar, já que eles sabiam o desfecho, por que insistiam em posar de conspiradores? Normalmente as pessoas fingem fidelidade, não deslealdade. Entretanto, eles fingiam ser traidores. Não podiam fingir lealdade, pois já eram assim, leais até os confins da lealdade. Mas o ditador se fartara deles e de seu amor. Ele queria outra coisa... Você tem o direito de achar que estou falando uma maluquice. Você tinha treze ou catorze anos naquela época, portanto quase escapou, enquanto eu não. Você ainda pode buscar um fio lógico naquela barafunda. Supor, por exemplo, que o ditador e os falsos conspiradores começaram aquilo como um divertimento, um teatro, em que eles fariam o papel de inconfidentes enquanto o outro fingiria condená-los, até que todos cairiam na gargalhada e trocariam boas-noites em meio a bocejos. Mesmo conhecendo a loucura daquela época, você pode conceber que de fato tudo começou como um passatempo, mas subitamente, no meio do teatro, nasceu uma suspeita no cérebro enfermo do tirano. E aquilo que começara com risadas terminara com algemas. Haveria aí alguma lógica, ainda que confusa. Mas o que aconteceu estava além de qualquer razão humana. Por isso era difícil, para não dizer impossível, de explicar.

A mentira tombava sobre tudo como um nevoeiro cada vez mais denso. Cobria todo o horizonte, não havia nenhuma brecha. Os complôs se sucediam em meio à névoa, a princípio confusos como os traços de um feto no ventre da mãe, depois cada vez mais nítidos. Ainda havia ingênuos que pensavam: esta conspiração não deu certo, mas há de vir outra, e quem sabe com mais sorte vai derrubar tudo. Porém o conspirador seguinte era ainda mais leal que o anterior. As cartas que os conspiradores escreviam na prisão tornavam-se cada vez mais bajuladoras. Alguns pediam dicionários, pois faltavam-lhes palavras para exprimir sua adoração pelo guia. Outros se queixavam de que não eram suficientemente torturados. Na margem deserta do rio, os processos transcorriam mais ou menos com o mesmo espírito. Os últimos desejos dos condenados eram expressos em meio aos brados de "Viva o guia!". Alguns se consideravam tão culpados que pediam que sua execução não empregasse as armas de costume, mas um canhão antitanque ou até um lança-chamas. Outros pediam que fossem bombardeados, para não restar o menor sinal deles, que os sepultassem de ponta-cabeça ou os enterrassem vivos, ou que deixassem seus corpos insepultos, à mercê dos corvos como nos tempos antigos. Ninguém mais discernia o que havia de verdade e o que não passava de fábula nessas notícias. Assim como era impossível captar qual o desígnio dos conspiradores e qual o do guia. Às vezes parecia que o último era mais compreensível. O guia submetera o país inteiro e agora as bajulações dos conspiradores pareciam-lhe um triunfal coroamento. Alguns levavam ainda mais longe a dedução. Farto do amor dos fiéis, ele buscaria agora o seu contrário, o aparentemente impossível amor dos infiéis. Daqueles por trás dos quais se escondia o Ocidente, a Otan, a CIA. Convencera-se de que quem o odiava em segredo o amava. Assim como Tito,* seu primeiro ídolo e mais tarde sua besta negra, que o roía por dentro dia e noite. Porém a besta negra àquela altura já atravessara o arco-íris, ao passo que ele aqui ficara. À noite, com certeza, acontecia-lhe de bradar: por que o outro é aceito pelo mundo e eu não? Quem o preteria? E julgara ter afinal achado a causa: era exatamente os seus fiéis que o estorvavam. Agarravam-se às suas vestes e não o largavam. Chegara bem no umbral do arco-íris e não o deixavam atirar-se (Você não me deixa viver). Seguravam-no pelos braços, pelos botões, pelas botas ensanguentadas: Sua vida é no nosso meio, não no deles, não nos deixe. Ocorria-lhe então gritar: Desprezível rebanho de fiéis, são vocês que me estorvam (Você destruiu minha sexualidade). Desapareçam, ou vocês vão ver. E os açoitava. Quanto mais eles o adulavam, mais fortemente se convencia. Às vezes, em meio aos gritos, parecia-lhe que zombavam dele. Persuadia-se de que era assim. E, no final das contas, eram eles que triunfavam.

Lá fora a tempestade de neve se aplacava um pouco. Bessfort Y. sentia-se cansado. Ele próprio não discernia, naquela mixórdia, o que pensara sozinho e o que dissera a Rovena. Menos ainda conseguia perceber o que ela ouvira ou não.

Ali pelas cinco da manhã, Rovena estremecera em seu sono. Ele a tocara com cautela. Está com medo? Ela dissera algo

---

* Josip Broz Tito (1892-1980), dirigente da guerrilha antinazista e mais tarde presidente da Iugoslávia. (N. T.)

incompreensível. Depois, semiadormecida, murmurara: Por que se submete a essa prova?

Ele mantinha os olhos cerrados, dir-se-ia que poderia responder mais fácil amparado pelo abrigo do sono.

Por que o faço?, disse consigo, acompanhando com os olhos os esparsos flocos de neve. Vá alguém entender.

Depois ouviu a voz já familiar do bêbado. Não é preciso falar inglês, "sir", para entender a porcaria que é este país.

Meu Deus, pensou, isto era só o que faltava. Afortunadamente, o outro agora se lançara sobre um ruivo compridão. Acredite, "sir", a Europa aos poucos está se islamizando. Enquanto o cristianismo vai se expandir pelos países árabes, tal como dois milênios atrás, depois do esgotamento do petróleo, quer dizer, quando vier a grande penúria. Não, não, contestava o comprido, e tentava voltar-lhe as costas. Mas o bêbado não o largava. Se você começou a escutar, escute agora até o fim. Pois então: tal como dois mil anos atrás, o cristianismo tentará subir para a Europa, mas será tarde demais. Tarde, entendeu? "*Too late!*" Então os cânticos dos muezins ecoarão por cima dos arranha-céus. "*Too late*", entendeu, criatura? Não é preciso saber inglês para entender essa desgraça.

Bessfort procurou mais adiante outra poltrona do lado da janela. Semelhantes a farrapos de um véu de noiva, os últimos flocos de neve refluíam em pânico.

Por que ele fazia isto?... A pergunta acorrera-lhe tantas vezes durante os dois dias com Rovena. Chegava um momento em que todas as explicações se toldavam a ponto de ele próprio julgá-las sem sentido. Então, procurava outras. Sem dúvida seriam livres. Não apenas ela, mas também ele. Os dois. Livres de suspeitas e ofensas gratuitas. Emancipados da rotina, da coação dos rituais, dos ciúmes, da inútil exasperação dos longos silêncios ao telefone, e por fim daquela dama fatal, aquela viúva enlutada, a separação. Rovena tentava acompanhá-lo. Quer dizer então que você sofreria se nos separássemos? Ele ensaiou um riso. Não era uma questão de sofrer ou não. Eles teriam superado a própria separação. Uma *call girl* e seu cliente não poderiam mais se separar ainda que o quisessem. Eles já estavam do outro lado do espelho. Ali as muitas futilidades deste mundo já não chegavam.

Cansada, ela tentava contradizê-lo, mas sem convicção. Não estaria ele buscando reacender assim a chama do desejo? De modo que ela, ao se fazer distante, estranha, possivelmente infiel, a cada encontro redobrasse seus atrativos carnais?

Ele não sabia o que responder. Não podia dizer que não. Na verdade, a possibilidade e até a simples conversa sobre ela eram algo perturbador. Ela dizia "Não, não", numa voz dolente onde ele percebia menos a recusa e mais os tormentos da tentação. E ainda assim não o largava a desconfiança de que também ela, talvez inconscientemente, gostava da ideia.

Rovena repetira sua pergunta e mais uma vez ele não soubera como replicar.

Você me causa arrepios, dissera ela. E você, não tem medo, Bessfort? Você quer o impossível...

Ele próprio não sabia se estava ou não amedrontado. O que sabia é que era tarde demais para recuar.

Por que ele fazia aquilo... Em casos assim é fácil dizer: nem eu mesmo sei. Ele, na verdade, sabia, embora fingisse que não. Sempre soubera. Procurava premeditadamente baralhar as coisas. Furtar-se a elas. Mas elas permaneciam ali.

Muitas coisas tinham sido ditas entre os dois, porém pela metade. Nunca expostas até o fim. E naturalmente havia medo. Mas não do impossível. Medo dela, no caso dele. Dele, no caso dela. Medo dos dois.

Ele soubera desde o primeiro instante, quando ela chegara

em passos leves e se sentara diante dele no sofá, naquele inesquecível fim de jantar. Você é excessivo, era o que todo o ser dela bradava.

Rovena era excessiva para ele. Ele se sentia um fora da lei. Qual lei ele não atinava, porém sabia que violara uma.

Ela punha-se a dizer alguma coisa, ele respondia, mas aquilo que falavam nada tinha em comum com o que passava pela cabeça dele. Bessfort sempre julgara que um homem não pode suportar mais que três ou quatro mulheres belas em sua vida. Ele já tivera o seu quinhão. Ambicionar mais uma seria perigoso.

O enigma das belas mulheres o fascinava havia anos. Era difícil explicar seus sinais, que as distinguiam das bonitinhas. Talvez uma linha de demarcação, instável, uma ruptura como a que indica um divisor de águas, ou como aquela no limiar entre dois espelhos colados, indicasse sua fugidia natureza. Fiéis, infiéis, eram todas assim, sempre sustentadas por alguma coisa em alguma parte, quem sabe uns anzóis das estrelas, que elas próprias desconheciam.

Mesmo estando entre elas, você sentiria que faltava algo. Elas poriam as mãos em sua nuca, diriam coisas doces, se entregariam, mas você permaneceria faminto. Nada está faltando, diria você com seus botões, não peça mais do que deve. No entanto, alguma coisa se furtaria em meio à linha divisória, carícias, lágrimas de luxo.

Mesmo quando elas tombavam no sofrimento e você supunha que tinham se tornado iguais às outras, não afundavam. Um contraestímulo defensivo as socorria. E você se dava conta de que ela nunca estivera mesmo ali, mesmo que ainda ouvisse seus soluços e sentisse no rosto suas lágrimas; o paradigma, o modelo intangível estava em outro lugar, distante e seguro. Você se sentiria impotente diante disso. E caso se enfurecesse, se buscasse estender seu domínio para além do meigo colo, dos lábios, joelhos, seios e sexo que ela ofertava, para penetrar no que havia nela de intocável, então sentiria que o único meio de fazê-lo seria matá-la.

Quando Rovena sentara no sofá, tão despreocupada, tão borboleteante, no primeiro instante, fora assim que ele a concebera no recanto mais escuro de sua imaginação: como um passarinho na alça de mira de uma arma.

Rovena era sem dúvida "uma daquelas". Para um sujeito qualquer, a expressão remeteria às meretrizes. Não para ele. Ela tinha os sinais das mulheres belas, a linha demarcatória, fugidia e tudo mais, inclusive a conexão com as estrelas. Ele ainda uma vez disse não. Nunca fora de correr atrás de rabos de saia, e menos ainda agora. Desprezava as frases feitas do tipo "Minha juventude se foi, mas meu coração permanece jovem". Tinha mesmo a impressão de que em certos homens ocorria o contrário; não era o corpo, e sim o coração, que cansava primeiro. E ele era um desses.

Rovena continuava a contar alguma coisa. Ele respondia. A satisfação por ainda agradar às mulheres estava ali, embora contida. Não havia por que não desfrutá-la. Fora mais ou menos assim que pensara. Até com uma ponta de irritação.

A conversa entre os dois prosseguia, assim como a irritação, que para seu espanto mudava de objeto, mas não se ia. Podia ser tanto um aborrecimento como uma rejeição a algo. Naturalmente que ele não devia se deixar seduzir por uma ligação com "aquelas", mas por outro lado não assumira nenhum compromisso monástico. Uma banal relação passageira, como milhões e milhões neste mundo... Por que não?

Toda vez que recordava aquele fim de jantar, não atinava com o ponto onde ele se deixara tentar.

Ao que parecia o ruído das rodas do trem propiciava a evocação de acontecimentos dilatados. Cada coisa demanda seu próprio ritmo.

O descampado estava semiencoberto de neve. Não percebia ao certo em que país estava. Algumas vezes lhe parecia que, antes das celebridades a cogitarem, a neve arquitetara a União Europeia.

O barulho do trem era monótono. O jogo com Rovena, aquela brincadeira banal que se repetia aos milhões, prolongara-se mais do que ele imaginava. A moça inesperadamente mostrara-se arredia. Porém aquela resistência, que em outras ocasiões a valorizaria, tivera nele o efeito oposto. Era o esquema habitual, sem nada a ver com "aquelas". Ele estava convencido de que as belas mulheres não empregavam manobras como essa, pois não precisavam delas. Rovena ia perdendo os sinais distintivos. Aparentemente esse fora o estímulo principal para que o convite à viagem fosse feito de modo negligente, para não dizer grosseiro.

No hotel, ao ver seu busto de menina, em vez de decepção ele sentira alívio. Aquela carência parecera-lhe uma ajuda dos deuses. Branca, frágil, indefesa, mais que mulher fatal ela agora parecia uma pequena mártir.

Mas a tranquilidade fora curta. Algumas semanas mais tarde, junto com o busto florescente ela tudo reconquistara: a invisível linha demarcatória, o bailado dos olhos, o mistério. Ela buscava impacientemente pelo júbilo, mas ele permanecia estático. Por fim extraiu a palavra "divina", entretanto já sabia que o que estava dizendo sobre o desabrochar de seus seios era o contrário do que pensara antes.

Algo se invertera em toda aquela história.

Como se isso não bastasse, Rovena sussurrara ao seu ouvido que o busto era obra dele. Bessfort a custo ocultava a ansiedade. As palavras "Você me engravidou" teriam sido mil vezes mais naturais. Ao passo que aquele vínculo inusitado, assemelhado a uma interferência do gênero, da "árvore do leite", como diz o Kanun, só lhe causava medo.

Agora era ele o indefeso, tal como naquele longínquo jantar. Assim como então, no sofá onde ela parecera um passarinho na mira de uma arma, sentira uma imposição interior: aquela relação era indevida.

Entre os sonhos que tivera, havia um que não queria recordar. Era insuportável o olhar oblíquo dela buscando um sinal que escorregava do colo para o busto alvíssimo, como um entalhe que ora se assemelhava ao sinal da cruz, ora à marca de um estrangulamento.

Na sonolência embalada pelo barulho familiar dos trens, durante as cansativas viagens a trabalho pela Europa, ele por dezenas de vezes pensara em romper com ela. Na próxima vez, dizia-se. A próxima seria a última. Enquanto isso os Bálcãs ardiam em chamas e tudo se abalava.

Você pensou desde aquela época em nos separarmos? Antes de me dizer que nada é mais como antes? Diga, por favor. Enquanto eu, de hotel em hotel, pensava ser feliz, você só se preparava para isso?

As respostas eram difíceis, às vezes impossíveis.

Quem neste mundo pode saber para o que está se preparando? Ele partia para algum lugar e, mesmo sabendo que não era a direção certa, fingia acreditar nela.

Convencera a si mesmo, e em seguida a Rovena, de que tinham ido ao clube Lorelei para experimentar o aguilhão do desejo, quando na realidade sabia que fora para outra coisa. Quisera ajustar as contas com os ciúmes, os sofrimentos de uma possível separação. Com os dentes cerrados, tal como o boxeador que se adestra para aparar um golpe sem sentir muito, assistiria ela ser acariciada por outro bem debaixo do seu nariz.

Quando tivesse amansado todas essas pequenas feras dentro de si, o mesmo ocorreria com a própria Rovena, na hora fatal ela se tornaria inofensiva.

Ele sabia que sua aliança com esse bando malévolo, onde se mesclavam a lama, a cobiça, a dissimulação e as facadas pelas costas, era ruim e um belo dia podia se voltar bruscamente contra ele. Mas isso não o amedrontava.

Entre eles, o mais salvador para ele, porém o pior para Rovena, era a conversão dela em *call girl*. Seria a única forma de arrebatar-lhe a coroa de amada. Fora disso, com a coroa e com sua feição natural, Rovena seria tal como o fora cem anos antes, no sofá depois do jantar em Tirana: impossível. Os anos ao invés de aplacá-la a tinham tornado mais perigosa.

Aquela máscara nova, com todos os seus enfeites, era a derradeira esperança depois da qual nada restava exceto... exceto... O que restaria depois da máscara e seus enfeites? Talvez uma lividez, uma condensação de vapor sobre o espelho, que poderia ser tomada por um apagamento, este por uma partida, e assim por diante até chegar à ideia selvagem e crua da extinção... Extinção semelhante ao assassinato.

Ele próprio se assombrara com o extravasamento dessa tentação. Manifestara-se quieta e inopinadamente, para pender, suspensa sobre o cérebro dele como sobre uma chapada erma. Pairava assim imóvel, matéria inerte e inarticulada, sem tempo e sem prazo. Era, mais que o assassinato em si, a noção da facilidade de consumá-lo. Um assassinato nunca fora difícil na Europa, mas na Albânia de agora seria ainda mais simples. Em toda parte havia pequenos motéis à margem de todas as atenções, onde por dois mil euros todos os rastros desapareceriam. Bessfort Y. balançou a cabeça, como fazia sempre que queria afastar algo ruim.

Não era verdade, disse para si. Os pensamentos eram como os cenários dos sonhos, que assim como surgiam sumiam, sem causa nem razão.

Imaginou Rovena dormindo com os joelhos encolhidos, sobre um assento que poderia ser a poltrona do seu trem ou o sofá do fim de jantar de outrora, e sentiu saudades.

Antes mesmo de ouvir sua voz, Bessfort sentiu o hálito do bêbado. Essas placas com falsos quilômetros e direções trocadas... Não era preciso saber outras línguas para entender.

Bessfort Y. voltou-se para sair.

Sentia-se cansado e o barulho do trem agravava seu entorpecimento. Atraída incessantemente pelas rodas, a indagação de Rovena repetia-se sem piedade: Por que ele o fazia, o que buscava, por quê... Sem dúvida buscava o impossível. Como aquele outro... o ditador... o amor dos traidores...

Monstro, como logrou contaminar-nos com teu mal?, pensou.

8. Décima segunda semana. A outra zona. Três capítulos de Dom Quixote.

Fora ele que a chamara assim pela primeira vez: "a outra zona". Depois os dois falavam dela com a maior naturalidade, como quem fala da zona do euro ou da de Schengen.

Enviara-lhe a passagem de avião para a Albânia. Junto com ela, um bilhete: "Aproveite para ver a família. Acho que será bom. Tenho muita curiosidade. B.".

Por algum tempo os olhos dela se demoraram na palavra "curiosidade". Havia nela alguma coisa de arqueológico. De petrificado. Era tal e qual uma sombra da frase de outrora, "Tenho muita... saudade". A saudade fora agora cruelmente substituída.

Rovena respondera no mesmo estilo. "Obrigada pelo bilhete. Também tenho muita curiosidade. R."

O que posso fazer, o que posso fazer, dissera-se ela. Qualquer coisa contanto que nos encontremos.

Era compreensível que os dois estivessem curiosos. Achavam-se pela primeira vez na outra esfera. Ali onde tudo era diferente. A começar pela língua.

Num dos raros telefonemas antes de chegar, ela mostrara estranheza com as palavras: Que estranho isto acontecer em Tirana.

O outro imprevisto fora quando ele anunciara que se encontrariam em um motel. Sem deixar que ela contestasse, agregara que não se inquietasse. Ultimamente isso tinha se tornado comum na Albânia.

Ao cair da tarde, ele fora apanhá-la na viela diante de casa. Distinguiu de longe a silhueta elegante da calçada e sem nenhum motivo soltou uma exclamação silenciosa: Meu Deus.

Enquanto trafegavam pela rodovia de Durres, fitara com o canto do olho o perfil dela. Possuía a brancura que ele esperara. Estranha, misturando-se com a cor das bonecas, do pó de arroz dos japoneses. Nunca a desejara tanto.

O carro deixara a rodovia para pegar a avenida ao longo das praias. De ambos os lados as luzes dos restaurantes e hotéis estavam acesas. Pela primeira vez ela se animou e lia em voz alta os nomes. Hotel Monte Carlo. Bar e café Viena, Motel Z. Motel Diskrecioni. New Jersey. Hotel Rainha-Mãe.

Como é possível?, indagava de tempos em tempos. Quem construíra aquilo tudo?

O motel deles ficava distante, quase sombrio em meio aos pinheiros. Registraram-se com nomes inventados. O responsável mostrou-lhes o quarto. O restaurante ficava no segundo andar. Se quisessem podiam servir o jantar no quarto.

Era um cômodo quente, atapetado com um carpete bordô. Na parede havia quadros semieróticos. A banheira ostentava na lateral um baixo-relevo com três figuras de mulheres nuas.

Que esquisito... Tinha sido o único comentário dela enquanto corria as cortinas, para ver os pinheiros e, por trás deles, o mar que escurecia. Apoiado à cabeceira da cama ele a observava ir e vir, como uma sombra.

Devo me preparar?

Ele aquiesceu com a cabeça. Sentia uma falta de ar nos pulmões e junto com ela uma agradável dormência. Como será que ela se "preparava" agora? Com certeza de um modo diferente de antes...

Os abajures projetavam uma luz discreta. Ele tinha a sensação de que seu coração batia cada vez mais devagar enquanto a imaginava despindo-se. Era normal que nada fosse como antes e ela demorasse mais.

Em dado momento, pareceu-lhe que ela não sairia mais dali. Pouco depois comentou para si: Como ela está demorando. Já não se ouvia o leve farfalhar familiar a seus ouvidos há tantos anos. Desceu da cama e lentamente, como um sonâmbulo, foi até o banheiro. A porta estava entreaberta. Empurrou-a e entrou. Rovena, chamou silenciosamente. Ela não estava. Os objetos de toalete, a escova, o frasco de perfume, o batom, encontravam-se todos ao pé do espelho. As meias de seda azul-celeste deixadas ao lado da banheira, leves e pálidas, pareciam fazer parte da decoração da porcelana. Rovena, voltou a chamar, desta vez a meia-voz. Impossível que ela tivesse partido assim. Sem se fazer ouvir, sem um rangido da porta.

Voltou a olhar para as coisas dela no espelho, depois para seu próprio rosto, que lhe pareceu desconhecido. Tive-a e perdi-a, disse a si mesmo, numa censura. Com minhas próprias mãos.

Súbito, voltou-se, achando que a vira. Não ela própria, mas seu reflexo. Num dos baixos-relevos, uma das mulheres assemelhava-se espantosamente a Rovena. Como não notara antes? Aí está a alvura que você buscou, disse consigo. Não era semelhança. Era ela própria. Aparentemente encontrara a sua forma e ali se aninhara. O colo era em tudo igual ao dela, e os seios e o ventre de mármore, tudo distante, no além, como se ele a tivesse sonhado em seu delírio. Louco, pensou, demente.

Teve vontade de chorar, sentado na borda da banheira, com a cabeça entre as mãos. Nunca lhe ocorrera uma coisa daquelas.

Achou que não teria fim, e então sentiu uma mão tocar seus cabelos. Não abriu os olhos, como se temesse que fosse o braço do mármore afagando, saído do baixo-relevo. Somente ao ouvir a voz, "Bessfort, está dormindo?", estremeceu.

Ela estava de pé, ao lado da cama, com o roupão branco do hotel entreaberto.

Não sei o que deu em mim, disse ele. Devo ter cochilado.

Eram aqueles mesmos seios e o mesmo ventre de mármore que ele vira um pouco antes em meio à sonolência. Tudo exceto o tufo negro no meio.

Ele a atraiu para si, com desejo, com sofreguidão, como para confirmar que era de carne viva, e ela retribuiu. Eram mesmo tanto o pescoço como os seios e as axilas, quentes e macios, com exceção dos lábios, que permaneciam prisioneiros do mármore. Como uma tempestade, um pé de vento, acompanhado de ameaçadores abalos, os lábios dele se aproximaram impetuosamente sem ousar quebrar o eterno pacto entre clientes e putas: não beijar na boca.

Ele beijou-a na barriga, depois, pungentemente, desceu mais e mais, às grotas escuras onde as leis eram outras e os pactos também.

Depois dos arquejos, sem esperar que ele fizesse a pergunta habitual, "Como foi?", ela sussurrou-lhe ao ouvido: Divino!

Ele tocou seus cabelos.

Lá fora a noite devia ter caído.

Antes do jantar ele propôs que dessem um passeio pela praia. Havia uma escuridão inquietante. Aqui e ali, as grades de ferro das mansões cintilavam desoladamente.

Ela se apoiava em seu braço. As palavras dos dois se perdiam pela metade devido ao fragor das ondas. Ela indagou se umas luzes pálidas e distantes seriam as do palacete do rei Zog.* Bessfort respondeu que era possível. Fazia pouco que o herdeiro do trono retornara, junto com sua corte. A rainha Geraldina também. Toda a imprensa comentava que ela estava nas últimas.

Inacreditável, disse ela. Ele quis saber o que era inacreditável e ela procurou responder, sem saber ao certo quais palavras estavam sendo ou não encobertas pelo estrondo do mar. O inacreditável eram os estabelecimentos com nomes hollywoodianos ao longo da avenida, as mansões, as piscinas ocultas e os comunistas convertidos em patrões, os ex-burgueses convertidos em sabe-se lá o quê, as luzes e a corte monárquica em sua busca nostálgica.

Sem que ela soubesse por quê, teve vontade de chorar. Acima de tudo o inacreditável era ele, com sua loucura, e evidentemente ela própria, que o seguia por aquele nevoeiro.

Na volta quase não distinguiam a rua. Não baixe a gola do casaco, disse ele quando se aproximaram do motel. Ela quis perguntar por quê, mas lembrou-se dos nomes falsos e nada disse. Pediram o jantar no quarto. Havia toda espécie de *delicatessen*. E vinhos caros, naturalmente. O gerente recomendou carne de caça, recém-chegada, e o vinho italiano Gaja, segundo ele o preferido do primeiro-ministro. Acho difícil acreditar, disse Bessfort. Mesmo assim aquiesceu.

Quando o gerente se foi, os dois trocaram olhares ternos. Depois de um olhar desses, ela costumava dizer: "Como sou feliz com você!". Ele esperou. Depois, ao ver que ela não vencia a hesitação, baixou a cabeça.

Realmente nada era mais como antes.

Ela estava dizendo outra coisa, que lhe escapou, parecia

---

* Ahmed Bei Zogolli (1895-1961) reinou na Albânia de 1928 a 1939 como Zog I. (N. T.)

que falava num idioma desconhecido. O quê?, ele indagou, a meia-voz. Ah, ela estava perguntando se ele queria que ela se trocasse, que vestisse algo mais chique, como se diz, para o jantar.

Claro, respondeu. Mas comentou consigo: Exatamente como uma *call girl*.

O vestido de veludo negro conferia a seu busto e à parte visível dos seios aquela insuportável alvura capaz de alucinar e enlouquecer. Ele já não conseguia acreditar que dormira centenas de vezes com ela. Mesmo as duas horas anteriores pareciam-lhe uma quimera.

— Um pouco antes, na beira do mar, quando vimos as luzes do palacete de Zog, lembrei do que você me disse naquela vez sobre os falsos conspiradores.

— Ah, é?

— Não precisa se surpreender. Eu nunca esqueço nada do que você diz. — Ela tocou a mão na testa, como se zombasse de si mesma. — Suas palavras não saíram da minha cabeça nas três semanas em que escrevi o trabalho de conclusão de curso falando das conspirações contra o rei Zog.

— E como eram essas suas conspirações?

Finalmente ela riu. O vinho imprimira um leve rubor em suas faces e no pescoço.

— Pelo menos não eram falsas.

— Não duvido. Mas você vai me contar mais tarde, não vai?

Pelo modo como se entreolharam, os dois entenderam que pensavam a mesma coisa: pelo menos a hora depois da meia-noite seria como antes.

— Você vai me relatar os complôs do rei e eu contarei outra coisa.

— Verdade? Que bom! — disse ela.

— Conte, deusa, as conspirações do rei, as verdadeiras.

— Nós também demos nomes inventados na recepção do hotel — disse ela num tom provocante.

Ele não respondeu. Também seu rosto permaneceu impassível.

Ela continuou a fitá-lo com um olhar brincalhão, mas as feições dele pareciam ainda mais estáticas de perfil.

— Você se lembra de quando fomos pela primeira vez ao Lorelei? — indagou ele subitamente, como se voltasse a si.

— O clube de relacionamentos? Por que se lembrou dele agora? Já faz mais de um ano se não me engano.

Ele riu.

— Não faz mais de um ano; faz mais de um século.

Com um sorriso despreocupado, ela esperou que Bessfort se sentasse à sua frente. Ele tinha nas mãos um livrinho violeta.

— Você falou um século ou eu ouvi errado?

— Não ouviu errado. — Bessfort respirou fundo. — Lembra quando passamos pela porta do Lorelei? Acho que não só nós, mas qualquer um sente um calafrio, ou, mais exatamente, sente medo da quebra dos tabus.

Ele sabia que jamais esqueceria do fim de tarde em que, disfarçando a ansiedade, os dois tinham se aprontado para ir ao Lorelei. Enquanto se agitavam pelo quarto, sem nenhum motivo baixavam a voz.

De todos os sintomas de perturbação, o mais evidente fora a longa permanência dela no banheiro. Pela porta com uma nesga aberta ele a ouvia movimentando-se: a concentração em frente ao espelho, a maquiagem dos cílios, a derradeira inspeção das axilas... Era a primeira vez que a via se preparando não para ele mas para todo o gênero masculino...

— Lembro, claro — respondeu ela. Bessfort olhava-a intensamente. Todos pensavam que aquilo era uma experiência nova, moderna, mas ela vinha da noite dos tempos. Pelo menos este aqui a descrevera quase quatro séculos atrás.

Rovena leu em voz alta o título do livrinho: *A novela do curioso impertinente.*

— Mas isso é uma parte do *Dom Quixote*, não?

— Exatamente. Muito tempo atrás, antes de fazer a tradução da obra completa, Fan Noli* publicou justamente este trecho, como uma peça de propaganda. Não há dúvida de que é uma espécie de projeto-piloto dos atuais clubes de relacionamentos.

— Que espantoso — disse ela.

— E pensar que Fan Noli era o rigoroso sacerdote da Albânia. Além de conspirador, acredito. Você deve saber melhor que eu.

— Não um conspirador qualquer, mas um mestre das cabalas, como se dizia na época. Participou de pelo menos três complôs.

— A novela é misteriosa — prosseguiu Bessfort.

Ele a lera de lápis em punho, como se decifrasse um texto secreto.

Ela folheara o livro com curiosidade, mas Bessfort retomara-o suavemente.

— Depois do jantar você pode dar uma espiada.

Ele ergueu a taça.

— O vinho estava ótimo, mas acho que bebi demais — disse Rovena.

Trazia nas faces aquele afogueado que normalmente se associa ao ato do amor. Ao entrar no Lorelei, mostrara um rosto pálido. Ele já não tinha dúvidas de que, quanto mais o evitava, mais se deixava seduzir pelo pecado.

— Vou tomar um banho — disse Bessfort. — Dará tempo para você passar os olhos pelo livro, se quiser.

— Claro — disse ela. — Mal posso esperar.

---

* Sacerdote ortodoxo, patriota, estadista e literato albanês (1882-1965), chegou a chefiar o efêmero governo democrático-revolucionário de 1924; também traduziu Shakespeare, Ibsen e Omar Khayyam. (N. T.)

9. Mesma noite. O texto de Cervantes.

Sob o jato de água quente, Bessfort tentava imaginar os contornos que adquiririam, na mente de Rovena, a cidade medieval espanhola e os dois inseparáveis amigos, Lotário e Anselmo. E junto com eles a doce Camila, esposa deste último e causa involuntária do afastamento do amigo inseparável. Os recém-casados reparam e se afligem.

Bessfort imagina os dedos delgados de Rovena virando as páginas.

Os recém-casados se afligem. Convencem o amigo a frequentá-los como antes e a sentir-se como em sua própria casa. Lotário vai, mas se acanha. Teme os mexericos. Já o casal, nem um pouco. A sombra de aborrecimento que Lotário enxerga sempre na fronte de seu amigo não se liga a isso. Um dia Anselmo abre o coração. Um mal o corrói. Pode até enlouquecê-lo. Claro que é feliz com sua esposa, mas a tortura não dá tréguas. Tem a ver com uma dúvida. Que Lotário pare de arregalar os olhos, porém ele duvida exatamente da fidelidade de Camila.

Bessfort sabe que os frágeis dedos de Rovena viram a página com impaciência.

Espera, diz Anselmo ao amigo quando este abre a boca. Sei o que dirás. Também ele sabe que Camila é imaculada. No entanto... No entanto, pode-se chamar de boa uma mulher que não teve o ensejo de ser má?

Bessfort imagina as sobrancelhas e os cílios que Rovena maquiara com tanto cuidado, inquietos como asas de andorinha quando a tormenta se aproxima.

Lotário faz o que pode para tranquilizar o amigo. Porém a aflição do outro não tem cura. Febril, ele volta sempre a sua sombria suspeita. Por fim faz ao amigo uma proposta macabra. Lotário, seu amigo de sempre, é o único que pode livrá-lo dessa angústia. Da única maneira possível. A única que porá à prova a fidelidade de Camila. Arriscada, é verdade, mas segura. Testar Camila. Numa palavra, cortejá-la. Tentar possuí-la.

Bessfort visualizava os dedos nervosos de Rovena voltando à página anterior para a reler. Suas faces têm um brilho inalterável. Tal como o rubi em seu anel.

Lotário recusa com altivez a proposta. Sente-se gravemente insultado. Levanta-se para partir. Para sempre. Mas uma palavra de Anselmo o paralisa. Uma ameaça. Caso ele não aceite, um estranho, um desconhecido o fará. Um mulherengo de ocasião, talvez. Um vagabundo da noite.

Lotário mergulha a cabeça entre as mãos. A ameaça o convence. Aceita a abominação, ou mais exatamente finge fazê-lo. Para ludibriar o amigo, como se faz com os loucos. Assim, quando chega a hora da prova e fica a sós com Camila, comporta-se como uma pedra. Anselmo anseia pelo resultado. Lotário relata: Camila é imaculada como o cristal. Como a neve dos Alpes. Tal e qual. Chamou-o de patife. Rechaçou sua investida. Ameaçou delatá-lo ao marido.

Em vez de persuadir-se, Anselmo se exalta. Traidor!, exclama. Desleal! Eu te espiei pela fechadura. Vi como me enganavas. Ficaste como um poste. Canalha dos canalhas, falso femeeiro! Vais ver, quando eu recorrer a devassos autênticos, à escória da noite. Estes ao menos não me enganarão.

Lotário tenta acalmá-lo. Pede desculpas. Suplica por uma outra chance. Como prova de lealdade. A última. Qualquer coisa menos os vadios.

Por fim fazem as pazes. Armam os dois uma trama. Anselmo partirá para uma aldeia. Lotário ficará na casa. Três dias e três noites. É a ordem de Anselmo. Camila aceita a contragosto. Cai a primeira noite.

Bessfort fecha o chuveiro como se pudesse ouvir a respiração entrecortada de Rovena.

Os dois estão sós. Lotário e Camila. Ceiam juntos. Bebem um pouco de vinho. Contemplam as chamas na lareira.

A narrativa torna-se sintética. Lacônica até. Lotário declara seu amor. Camila defende-se desesperadamente. Mas a defesa tem um limite. Camila cede. O texto é implacável. Só a palavra "entrega" é usada duas vezes. Entrega-se. Camila. Camila rende-se.

Bessfort tem certeza de que neste ponto da novela Rovena fechou os olhos. De todas as mulheres que já conheceu, nenhuma ao cerrar os olhos durante o amor aproxima-se de Rovena em volúpia. Então ela fechou os olhos. Talvez para delongar o texto. Para soldar-se a ele. Terá lamentado a rendição de Camila? É possível que, pelo contrário, a tenha desejado vivamente...

Na iluminada porta do Lorelei Bessfort fez pela não-sei-quantésima vez mais ou menos a mesma pergunta: Ele estaria gostando ou não do que faziam? O rosto pálido de Rovena não fornecia uma resposta.

Por fim ultrapassaram o umbral, e instantes depois andavam pelos salões do clube, ela totalmente despida, apenas com as finas meias, como exigia o regulamento, ele, nem tanto. Vaguearam assim em meio à bruma, até depararem com um grande leito.

Sentaram-se ali para se recompor. A perturbação que sentiam e a névoa se dissiparam ao mesmo tempo e eles finalmente puderam discernir o que acontecia à sua volta. Havia camas espalhadas aqui e ali, umas vazias, outras não. Numa delas até se fazia amor. Em torno, gente que observava. Mulheres apenas de meias, às vezes sem elas. Homens em calções de banho. Ensimesmados, perambulavam como sombras. Alguém trazia uma bebida para sua amiga. Tudo era suave e harmonioso. Você tem o busto mais lindo de todos, sussurrou ele. Rovena ouviu com um brilho culposo nos olhos. Ele repetiu o que dissera. Não só o busto, acrescentou. Ela dobrara uma das pernas. O gesto revelava parcialmente a zona escura do sexo. Uma das sombras fixara os olhos comovidos bem ali onde as meias se encontravam. Todos a cobiçam, sussurrou ele. É? A parte que você mostrou está enlouquecendo aquele sujeito ali. Estou vendo, disse ela. Mas não fez o menor movimento para encobrir-se. Na Antiguidade, não recordo mais onde, as pessoas tinham relações sexuais em lugares públicos, disse Bessfort. É? Era uma coisa levada a sério, sem a menor vulgaridade, havia até um rito, meio sagrado, como as festas nacionais de hoje. Ela segurou-lhe a mão. E nós? Aqui?, indagou ele. Ela fez que sim com a cabeça. Espere mais um pouco, ainda não me recuperei. Repentinamente ela estremeceu e afastou a perna. O homem dos olhos úmidos havia se inclinado para tocar seu tornozelo. Não se assuste, disse Bessfort. O homem a olhava com doçura, com uma submissão culposa. Acho que é uma senha, disse Bessfort. Ele pediu licença para fazer amor com você. Ela mordeu os dedos.

O mesmo clima de seita reinava em torno deles. Vamos dar uma volta, propusera ela. Assim que se levantaram, ela segurou-lhe a mão, e ele encarou com naturalidade que ela os conduzisse. Como Virgílio, pensou. Enquanto andavam, os olhos dos dois deram de repente com uma porta: "Massagem"...

Bessfort terminara o banho. Rovena com certeza estaria nas páginas finais da novela. Anselmo retorna da aldeia para saber o que se passou. Lotário, evidentemente, conta-lhe o contrário da verdade. Anselmo parece feliz. O teste de fidelidade concluiu-se. Lotário agora vai e vem como em sua própria casa. A grande armação triunfou. Tudo se dá ao contrário. Quanto mais se enaltece a virtude de Camila, mais ela se enlameia. O mesmo quanto a Lotário. Até que uma noite tudo vai por água abaixo. Lotário, cego de ciúmes, vê um desconhecido saindo furtivamente da casa de Anselmo. O novo amante de Camila, deduz. O canalha, o patife, o vagabundo da noite. São as palavras de Anselmo que lhe acodem, mas com um novo sentido.

Bessfort sempre julgou que a história acabava aqui. O epílogo, a cólera de Lotário contra Camila, a tentação da vingança, a confusão com os criados, a fuga dos dois pecadores, o escândalo, a morte dos três por fim — num acesso de loucura, numa batalha, no tédio de um convento —, nada disso Bessfort lera com atenção.

Enquanto enxugava os cabelos, pensava se Rovena percorrera às pressas as páginas finais.

Abriu a porta do banheiro lentamente e dali avistou-a, deitada de costas, com o olhar perdido no teto. O livro estava entreaberto, de um lado.

Os olhares dos dois se cruzaram afinal. Os dele estavam vazios como depois de uma fria cólera. A conversa que ele pensara que irromperia mal se sustentava. Por fim ela perguntou serenamente por que ele lhe dera o livrinho.

Ele encolheu os ombros. Por quê? Por nada.

Você raramente faz uma coisa por nada, Bessfort.

Digamos que não foi por nada. O que há de mal nisso, para você? Qual a segunda intenção? Rovena não respondeu. Ele disse ter certeza de que ela o lera. *Dom Quixote*? Claro, desde o ginásio, para a escola. A luta contra os moinhos de vento. Dulcinea del Toboso. Mas ela mal se lembrava.

Bessfort, seja franco. Você me deu o livro para ler porque pensa que existe alguma semelhança com a nossa história, quer dizer, com nós dois?

Alguma semelhança? Bessfort riu. Alguma, não. Toda. E não só conosco, mas com qualquer um. Ele afagou-lhe os cabelos antes de deitar a seu lado. Com palavras penosamente escolhidas, procurou explicar-lhe que aquela história era um modelo, uma espécie de máquina infernal por onde passavam milhões de casais, consciente ou inconscientemente.

Rovena procurava captar seu raciocínio. Era um texto codificado, portanto requeria que se achasse a chave para decifrar. Não me olhe assim como se eu estivesse doente.

Ela segurou-lhe a mão suavemente.

Ele disse que sempre gostara daquele olhar compassivo de enfermeira, não por acaso as enfermeiras eram amantes tão meigas. Mas ele não estava louco como ela poderia pensar.

Rovena acariciou-lhe a mão. Não, ela nunca achara isso. Se fosse para determinar quem estava louco e quem não, os dois teriam a mesma classificação. Pelo menos em uma vez. Você quer dizer no Lorelei?, interrompeu ele.

Voltaram a recordar a incursão, sem ocultar a comparação com a história do curioso impertinente. Eram tão assemelhadas em sua essência que quase se superpunham. E a expressão "máquina infernal" não surgira casualmente. Tudo aquilo no fundo evocava o outro mundo, só que não era aquele inferno conhecido, e sim outro, sem torturas nem caldeirões ardentes, suave, esvoaçante, próximo daquele dos pagãos.

Eles rememoraram a timidez inicial, a caminhada em meio à fumaça e a enorme cama que lhes surgira pela frente como um rochedo salvador. Depois a perambulação dos dois até o bar, para tomar um drinque, e mais adiante, quando seus passos se faziam cada vez mais leves, como a seda das meias, até que surgira diante deles a porta com a inscrição "Massagem".

Quer?, perguntara ele, mais com os olhos que com a voz. A hesitação dela fora breve. Se ele não se importava...

A porta fechou-se atrás dela e ele voltou-se em busca de um lugar para esperá-la. Avistou ao longe o leito onde tinham estado, ainda vazio. Sentou-se nele, depois recostou-se apoiado num braço. Um Ulisses solitário, atirado ali pelas ondas. Em meio ao tumulto do mar. O vaivém prosseguia em torno dele. Um casal tinha parado à sua frente e conversava algo entre si. A mulher deu um passo, inclinou-se e tocou seu tornozelo. Bessfort deu um sorriso culpado. Desejaria se explicar, dizer por exemplo que ela era extremamente bem-apanhada e tinha muita classe, porém estava encabulado. Murmurou um *I'm sorry*, mas os dois inclinaram a cabeça para se despedirem com tanta gentileza que aquilo realmente alfinetou seu coração. Acompanhou-os por um tempo enquanto se afastavam de braços dados, sem reunir energias para erguer-se, segui-los e dizer: Eu desejaria muito passar alguns momentos com vocês, ficarmos juntos os três, a senhora, tão distinta, e o senhor, em nosso luxuoso tédio, naquela cama ocasional que a fortuna nos destinou. Sentia-se de fato entristecido, mas de um modo especial. Seu pensamento ora se aproximava, ora se afastava de Rovena. Sentia-se muito distante, sugado por aquela humanidade voraginosa que recordava galáxias adormecidas, tal como apareciam nas fotografias dos confins do universo. O temor de que ela não fosse voltar parecia-lhe tão natural que por um momento pensou que não tinham por que se queixar depois de passarem juntos tantos belos anos. Melhor seria descobrir de onde vinha aquela modorra esgotante, como se ele tivesse fumado haxixe. Talvez fosse a tensão daquele dia estafante, ou então chegara a hora de fazer aquela ultrassonografia Doppler que seu médico recomendava com insistência.

A clientela prosseguia em seu vaivém hipnótico. Uma mulher com lágrimas nos olhos e uma tulipa na mão parecia procurar alguém. Ele não se admiraria caso visse em meio ao turbilhão seus conhecidos do Conselho Europeu, aqueles que tinham dado o endereço do clube. Rovena demorava. A mulher em lágrimas passou outra vez. No lugar da tulipa, trazia nas mãos um papel. Evidentemente procurava alguém. Bessfort teve a impressão de que, caso se aproximasse um pouco mais, decerto veria a sigla e a marca do CIJ, o Tribunal Internacional de Haia.

Uma intimação para o julgamento! Tolice, disse consigo. Vá exibir esses papéis para outro! Mesmo assim afastou um pouco a cabeça para não encarar a mulher.

Já dormitara assim umas duas ou três vezes quando Rovena apareceu afinal. Como se emergisse da neblina. De dezenas, talvez milhares de anos-luz de distância. Evidentemente devia estar mudada. O branco dos olhos soltava lampejos de solidão. Havia neles espaços vazios. Da mesma forma as palavras era esparsas.

— Quando voltei você parecia adormecido — disse Rovena. Esperava que você perguntasse como foi.

— Não sei o que me impedia — disse ele. — Talvez a ideia de que você, mesmo se quisesse, não poderia dizer a verdade.

— Talvez — respondeu ela. — Há casos em que é realmente assim.

Ele respirou fundo.

— Em geral é assim. Parece-me genuinamente espantoso que o sentimento mais belo do mundo, o amor, seja justamente o que menos suporta a verdade.

— Não sei o que dizer — disse ela.

— Agora é diferente. Agora você é livre. Nós dois nos modificamos. Entende? Somos totalmente diferentes, portanto você pode falar.

Ela não falou. Apenas tomou a mão que lhe afagava o ventre e guiou-a para onde era seu desejo.

— Você quer mesmo saber? — perguntou com uma voz abafada. Quer mesmo saber, depois de tanto tempo? As vozes dos dois, entrecortadas pelos ofegos, falhavam.

— Agora entendo por que você me deu o texto de Cervantes — disse Rovena quando se acalmou.

Ele respondeu que não tivera pensado tão sofisticadamente. Fora atraído a princípio pela curiosidade, pela semelhança com o Lorelei. O resto viera depois.

— Você disse que o texto é cifrado. E você achou a chave do código?

— Acho que não fui o único. Você quer ouvir? Não está cansada?

— Não seja fingido — disse ela. — Você prometeu que as horas depois da meia-noite permaneceriam como antes.

— É verdade, prometi.

Ela deu um longo suspiro.

— A hora em que a garota de programa conta ao cliente curioso o seu drama de pequena órfã. O pai alcoólatra, a mãe louca.

— Ah, chega — interrompeu ele, tapando com a mão a boca de Rovena. Percebeu os lábios sob sua pele, a leve pressão de um beijo, e sentiu o coração apertado.

10. Mesma noite. O texto em código.

Lentamente ele se pôs a falar de sua decodificação do texto. Raras vezes se divulgara de modo tão encoberto uma tamanha mistificação. Uma rotunda vitória da perfídia. Cada personagem espera sua vez de trair ou ser traído. Inicialmente, Camila, a jovem esposa, é enganada pelo marido, Anselmo, que a põe à prova. Depois, pelo amigo do casal, Lotário, que aceita fazer o jogo. Em seguida, outra vez por Lotário, agora enamorado, que não revela como tudo começou.

A outra vítima é Anselmo, o curioso impenitente. Enganado pelos dois, Camila e Lotário, que se tornam amantes pelas costas dele.

O logro impera a tal ponto que Lotário é tachado de traidor quando age honradamente e enaltecido como um santo homem quando de fato trai. O mesmo vale para Camila. Suspeita de infiel quando não o é e louvada quando passa a sê-lo.

Lotário parece ser o único na história que trai sem ser traído. Você acredita? Rovena não sabia o que dizer. Parece, prosseguiu Bessfort, mas há indícios do contrário. Pode ser que ele tenha sido a única vítima da traição.

Ele prosseguiu explicando como uma das passagens mais enigmáticas da novela é aquela sobre uma madrugada, antes de o sol raiar, em que Lotário vê um desconhecido se afastando da casa de Anselmo. Sua primeira suspeita é taxativa: Camila tem um amante. Foi ela quem o achou? Ou foi Anselmo, para repetir o teste? Surpreendentemente, Cervantes só apresenta a primeira suspeita. Não menciona a segunda, que seria também plausível, se não mais. Porém um leitor atento depara-se com uma grande interrogação: o que faz Lotário diante da casa de Anselmo antes de o sol nascer? Por que vigia? Do que desconfia?

A partir daí, toda a novela cai por terra. Aqui vai uma nova leitura.

Depois do noivado, ou do casamento, Anselmo e Camila descobrem as maravilhas do sexo. Entendem-se tão belamente que o leito nupcial, quase sempre difamado como um lugar de tédio, converte-se em infinito altar do gozo. Ao se refinar, seu desejo empurra-os para uma retumbante emancipação. Querem provar tudo que ouviram ou imaginaram sobre sexo. Posições incomuns, experiências, palavrões. Não se detêm diante de nada. Nos jantares com amigos, no mercado, na missa dominical, só pensam naquilo, no momento em que à noite ela, empunhando uma vela e mais vacilante que sua chama, aproxima-se do leito onde ele a espera. Na grande e sombria Espanha, repleta de catedrais, tratados, delatores da Inquisição, os dois, ao contrário dos demais, vivem o ardor da carne como raros o conhecem. É ela que o conduz noite após noite a esferas insuspeitas. Ultrapassam um a um os limites da vergonha, deitam abaixo obstáculos e tabus, até que um dia se veem diante de um imponente portão. Você gostaria de experimentar com um outro? Longo silêncio. Depois as palavras "por que não?". Depois delas a pergunta: "Por que não?". E a resposta: "Para dizer a verdade, sim".

Desse modo, trêmulos de desejo e inquietação, partem para

a grande prova. Tudo é perturbador. Principalmente a escolha do amante-vítima. A primeira opção, Lotário, é descartada de imediato pelos dois. Íntimo demais. Seria temerário. Buscam outros, mas eles também são rejeitados. Um devido à calvície, outro por algum defeito, o terceiro por ser magro demais, o último por falta de virilidade. Camila constata com alegria que o marido não trapaceia buscando alguém inferior a ele. Isso facilita o retorno a Lotário. Camila não esconde que ele convém. Anselmo não é contra. Numa palavra, ele convém aos dois. Em outras palavras, excita os dois.

Assim acontece o que aconteceu. Com a única diferença de que Anselmo nunca se afasta de casa. Consumido de desejo, ele acompanha com os olhos os preparativos de Camila para o outro. Sente a impaciência dela coincidir com a sua. Depois, a tudo assiste do lugar onde se oculta com o conhecimento de Camila. A declaração de amor de Lotário, a rendição de Camila, a aproximação, os primeiros beijos. Depois, de outro esconderijo, observa-os aproximando-se da cama, despindo-se, os gemidos familiares de Camila, as pernas brancas descuidadamente abertas após o amor... Agora mal pode esperar que o outro se vá para ser ele a fazer amor com a mulher.

Assim se passam as coisas por várias semanas, talvez vários meses, até o dia da catástrofe. Que houve um dia assim, está fora de dúvida. É de todo plausível que Lotário, agora no papel de sentinela, aviste alguém saindo discretamente da casa. O inaceitável é o que conta Cervantes, a história dos amores da criada *et cetera*. Quem realmente sai não é amante da criada, mas de Camila.

Eis como prossegue a verdadeira trama conforme a nova decodificação.

A febre de seguir adiante logo conduz Camila e Anselmo a se fartarem de Lotário. Como acontece em tais casos, procuram novas emoções. Consuma-se assim aquilo que Anselmo prenuncia desde o início: a busca de um novo parceiro. Dito e feito.

Lotário alguma coisa intuiu, começou portanto a desconfiar. É essa suspeita que o leva a espreitar por noites inteiras a casa do amigo. Até que descobre a verdade.

Aqui desce o pano do drama. E junto com ele, as trevas. Algo de grave acontece, que conduz à morte dos três, mas por algum motivo não é narrado.

Cansado, Bessfort já silenciara havia algum tempo. Como ocorria amiúde após um silêncio, foram os cenhos dela que primeiro se moveram.

— Que história espantosa — disse Rovena sem fitá-lo. — Você quer saber o que aconteceu no Lorelei? — acrescentou pouco depois.

Ele demorou a responder.

— Acredite que não foi para isso que contei a história.

— Acredito. Mesmo assim eu fiquei com vontade.

Ele sentiu o costumeiro aperto no coração.

Ela falava com olhos fixos no teto, como se se dirigisse a ele.

— Não traí você no Lorelei — disse sem se alterar.

Nenhum dos dois se olhava nos olhos. Num tom monocórdio, como se falasse a um outro, Rovena contou o que acontecera. Ele também escutou com frieza, enquanto pensava nostalgicamente que toda curiosidade tinha seu prazo de validade e que o do Lorelei parecia já ter vencido. Ela caminhando para a cama de massagem, a massagem em si, "adequada", como os dois a chamariam, ela e Bessfort... Camila e Anselmo em tempos idos... o nebuloso limite entre a massagem e a carícia amorosa, a tentação, a hesitação, o abandono dos escrúpulos, e por fim o bloqueio, sabe-se lá por quê, no último instante. Ela contou tudo com espantosa precisão.

— Aí está, foi isso — disse. — Lamenta?

Ele não respondeu imediatamente. Limpou a voz, tossiu.

— Lamentar? Por quê?

O silêncio tornou-se constrangedor.

— Lamentar aquilo que aconteceu... se bem que nada tenha acontecido...

— Então — contestou ele.

Ela sentiu um vazio no peito.

— Posso mudar a pergunta: lamenta que não tenha acontecido?

— Não — cortou ele com energia. Nem isso.

De repente Rovena sentiu-se objeto de deboche. Retornou à velha pergunta, onde ela errara, junto com todas as aflições que acreditava ter vencido. Como alguém que ao tentar corrigir um erro o aprofunda, disse com desespero:

— Tanto faz para você?

Tinha vontade de chorar de decepção.

— Escute, Rovena — disse ele calmamente. — Não sei o que falar. Até ontem você se queixava de não ter liberdade por culpa minha. Agora lamenta que a tem em excesso. Sempre por culpa minha.

— Desculpe — interrompeu ela. — Eu sei, sei. Por favor, desculpe. Agora somos diferentes. Fizemos um pacto. Você é o cliente, eu a pros... a *call girl*. Eu não tenho o direito. Eu...

— Chega — disse ele. — Não é preciso fazer drama. Já há tanto, em toda parte.

Anos atrás, depois de um chega desses, ele ficara lívido, agarrara-a pelos cabelos com uma mão trêmula bem em frente à janela e ela pensara com pavor: "Meu Deus, a que ponto cheguei, ser tratada assim como uma cadela em pleno centro da Europa".

Ele não batera. Deixara-se cair no sofá, olhando o vazio, como se ele tivesse sido golpeado.

Agora tudo pertencia ao passado. Bastou a Rovena um instante para se dar conta de que entre os dois chegas ela preferia o velho, o do hotel, e as lágrimas brotaram em seguida. Tirano, pensou. Faz-se de vencido, mas continua o mesmo.

— Já passa das três — ela o ouviu dizer. — Vamos dormir?

— Sim — respondeu ela com voz fraca.

Deram-se boa-noite e instantes depois ela admirou-se ao entender pela respiração que ele dormia.

Talvez tivesse sido a primeira vez que ele adormecia diante dela. O vazio do quarto fez-se suspeito. Não adianta, pensava Rovena. Foi tudo em vão. Ela perdera a chance tempos atrás; agora era tarde. Não tirara partido de sua única superioridade, a juventude. Tal como não se utiliza uma arma proibida.

Agora ele escapara do perigo. Fizera crer que escapariam os dois, que cessariam todas as dúvidas e suspeitas sobre separar-se ou não ou sobre onde eu errei, onde acertei, tudo relegado a um outro mundo. Como uma novela de Cervantes, um filme antigo ou o teatro grego.

Tola, como sempre, ela acreditara. E quem escapara fora ele, jamais ela. Aquela respiração regular, monstruosa, atestava o seu domínio.

Tirano, repetiu consigo. Na iminência da queda, ele próprio tirara a coroa: abdico, desço do trono para que ninguém me derrube.

Desça, suba de novo, faça o que quiser. Não posso evitar. Nem você nem sua pesada sombra. Nem o seu pó, caso você venha a cair. Tornei-me sua. Conheço o seu domínio e não me envergonho. Nem mesmo quero a coroa. O que quero é outra coisa: ser mulher. Mulher até o fim. A que recebe, leva. A que, caso deva imperar, assim o logra: pela subordinação.

Mulher, repetiu para si.

O sono lhe fugia mais e mais. Desceu da cama lentamente e aproximou-se da mesa de cabeceira. Sobre ela, junto com o copo d'água, estava a caixa de sedativos. "Stilnox", leu. Uma noite tranquila.

Tomou-a nas mãos com certa melancolia. Era aquilo que apaziguava o cérebro dele. Quando estendia o braço para o copo, seus olhos deram com uma coisa negra. Dentro da gaveta entreaberta havia um revólver.

Conteve a respiração por um momento. Acorreu-lhe à mente, de forma desordenada, o segredo da viagem, os nomes falsos na recepção e o pedido para erguer a gola do casaco. O que será?, refletiu. Mas logo se lembrou de que na Albânia ele viajava armado, e acalmou-se.

Sem demora pegou um comprimido do frasco de sedativos e o engoliu.

Na cama, deitada de costas, esperou pelo sono. Como as coisas haviam chegado àquele ponto?, pensou. Não tinha sequer o direito de chamá-lo de "querido".

Tentou parar de pensar. Talvez ela exigisse demais deste mundo, disse para si. Uma mulher como ela não devia pedir tanto.

De qualquer modo, o sono ia chegar. Sentia certa curiosidade em saber como seria o efeito do sedativo dele. Como se a natureza do sono produzido fosse revelar algo mais sobre os segredos que ele guardava.

Talvez nem tivesse por que descobrir os segredos dele. Em casos assim uma mulher como ela se contentaria em saber uma só coisa. Saber, por exemplo, se ele, Bessfort Y., em certas noites tomara o calmante por causa dela... Só isso.

Enquanto o escutava respirar fundo, a mente de Rovena girava em círculos em torno do sedativo. Parecia que, graças aos comprimidos, ela enfim penetraria no cérebro dele. Agora ele não poderia se ocultar, por mais esperto que fosse.

A respiração se modificava, mas Rovena permanecia desperta. Agora seria ela a enganá-lo, fingindo dormir.

Aparentemente era o que ele esperava. Moveu-se devagar, para não acordá-la. Depois estendeu o braço para a gaveta da mesinha e ela pensou se ele tinha perdido a cabeça.

Era evidente o que ele tentava fazer. Não havia motivo para ela fingir não saber. Sentiu o movimento da gaveta e o movimento do braço dele ao tirar o revólver. Meu Deus, implorou. Ao que parecia estava acontecendo aquilo que ela temera nos últimos tempos: ser morta num quarto de motel. Entretanto, em vez de buscar salvação, sua mente repisava uma música cantada pelas putas:

Se em buraco algum achar alguém
Procure por mim nos motéis de Golem.

O cano frio da arma tocou suas costas, um pouco acima do seio direito. Embora estivesse equipado com um silencioso, sentiu o estalido e o chumbo rasgando-lhe a carne.

Era o que você queria, disse.

Pelos movimentos dele, compreendeu que percorrera o mesmo arco com o braço para recolocar a arma ali onde ela estivera. Depois não se fez mais ouvir e ela pensou: inacreditável. Ele realmente adormecera de novo, em seguida ao crime, tal como estava, deitado de costas.

Rovena levou a mão à ferida para deter o fluxo de sangue. Ele continuava com sua respiração regular. Como o esforço o esgotara, pensou Rovena, como se lhe prestasse um último favor.

Ergueu-se em silêncio e andou até o banheiro. Ali viu a ferida. Parecia regular, inócua, quase como se fosse desenhada a mão. Entre os objetos de toalete, achou um esparadrapo que costumava levar consigo. Colocou-o sobre a ferida e imediatamente tranquilizou-se. Pelo menos não morreria como uma puta de motel.

Inacreditável, disse outra vez, ao voltar para a cama. Ele continuava dormindo, como se nada tivesse acontecido, e ela recostou-se a seu lado, tal como mil anos atrás.

11. O dia seguinte. Manhã.

Não era direito ele se comportar assim. A maior parte das manhãs de Rovena eram sem ele. Mas naquela manhã ele não podia estar ausente. Antes mesmo de abrir os olhos ela o buscou com o braço nu. Não estava. Esticou mais o braço sonolento. Até a borda da cama e mesmo mais além, pelo espaço austríaco e a grande planície europeia. Os nomes de metrópoles brilhavam fracamente, como no dial de um modesto rádio de outros tempos. Não, ele não tinha o direito. Estava estabelecido que partiria primeiro, deixando-a por muitos e muitos anos completamente só neste mundo. Portanto não precisava se apressar desde já.

Por fim ela abriu os olhos e logo tudo ficou claro e límpido. O passeio pelo bosque de pinheiros esperava seu despertar. Trapos do dia vindos de fora penetravam laboriosamente através das persianas. O livrinho violeta de Cervantes ali estava, exausto, cansado de seu velho segredo.

Ouviu os passos dele, depois o movimento da maçaneta. Ele se curvou para beijar sua testa. Trazia nas mãos os jornais do dia. Ao tomarem café, alternaram-se passando os olhos pelos títulos. Parece que a rainha está doente, disse Rovena.

Ele não respondeu nada.

Ela deixou a xícara e telefonou para casa. Mamãe, sou eu, estou em Durres, com uns amigos. Não se preocupe.

O café pareceu mais saboroso a Bessfort. Às vezes este mundo parecia bem gostoso, com suas rainhas enfermas e pequenas mentiras femininas.

— Olhe aqui — disse Rovena estendendo-lhe um dos jornais. Bessfort começou a rir, depois passou a ler em voz alta: "A vice-diretora da Companhia de Águas de Tirana, baronesa Fatime Gurthi, tenta justificar a falta d'água".

— Agora é moda comprar títulos de nobreza — comentou. — Por mil dólares você vira conde ou marquês.

— Pensei que fosse brincadeira, embora mesmo assim me pareça incompreensível.

Bessfort respondeu que não era brincadeira. Havia agências internacionais dedicadas ao comércio de títulos. Toda a ex-Europa Oriental estava doida para ter um.

— Veja só — disse Rovena. — Só faltava essa.

Bessfort estava certo de ter guardado o cartão de visita de um certo visconde Shabë Dulaku, estabelecido no ramo de portas e janelas blindadas no bairro Lapraka. Falavam de um duque na Polícia Rodoviária e de uma condessa que escrevera um livro, *Verbos irregulares do albanês*.

Depois do café saíram para passear na praia. O vento tornava tudo estranho e despropositado. Apoiada ao braço dele, Rovena sentia como seus cabelos açoitavam Bessfort no rosto.

Não conseguia decidir se dali em diante contaria tudo a ele. Sempre por causa do vento, tinha a sensação de que seus olhos tinham virado vidro. Mesmo se quisesse não seria capaz de contar tudo. Nem sequer a si própria.

As piscinas parecem geladas, pensou.

Por trás das grades de ferro, as piscinas pareciam cegas com suas películas de gelo.

Por fim, almoçaram no restaurante. Passaram a tarde fechados no quarto. Na cama, em meio às carícias antes de fazerem amor, ele murmurou alguma coisa sobre Liza. Curioso, esquecera de fato, ou fingia ter esquecido, os detalhes sobre ela. Rovena respondeu também num murmúrio e ele disse que ninguém entendia os homens melhor do que ela. Rovena retribuiu a honraria bajuladora.

Enquanto a tarde caía, ela voltou a falar com a mãe ao telefone. Bessfort ligara a TV para ouvir alguma notícia sobre a rainha. Aqui é lindo, mamãe. Vamos ficar mais esta noite.

Enquanto ela falava, ele lhe acariciava o ventre, em torno do umbigo.

La fora anoitecia rapidamente. No meio da noite o ruído do mar fez-se ouvir, mais e mais lastimoso. Pela manhã, partiram, com uma pressa que não tinha muita explicação. Quanto mais se aproximavam de Tirana, mais pesado se tornava o tráfego. No ponto onde a Rodovia Nacional cruzava com o Cemitério do Oeste, os vendedores de flores pareciam mais numerosos que nunca. Flores para todos nós, pensou ela. Recordou trechos da conversa sobre os falsos conspiradores. Alguns deviam estar enterrados ali. Pelo menos flores todos teriam.

Na entrada de Tirana a multidão de carros quase não andava. Houve algum acidente?, perguntou Bessfort a um oficial da Polícia Rodoviária que estava ali. Antes de responder, o outro lançou um olhar para a chapa do carro. A rainha morreu, disse.

Bessfort ligou o rádio. Só se falava daquilo, mas as vozes se excediam em nervosismo. Discutiam alguma coisa. Já estavam na rua de Kavaja quando atinaram com o motivo da disputa. Era algo relativo à cerimônia fúnebre. O governo, como sempre, fora pego desprevenido. Espere só eles consultarem alguma comissão em Bruxelas, disse Rovena. Estavam em frente à praça Skanderbeg, quando foi lida uma declaração da Corte Real. Um réquiem em homenagem à rainha teria lugar às três da tarde, na catedral de São Paulo. Nem uma palavra sobre o local do sepultamento. O governo ainda não respondera sobre a devolução das propriedades da família real, que incluíam um cemitério privativo na periferia sudoeste da capital.

Estavam quase diante da casa de Rovena quando foi feita a leitura de uma segunda declaração da Corte. Ainda não se sabia o lugar do enterro. Que escândalo, disse ela, ao abrir a porta do carro.

Ao retornar, Bessfort quis passar pela rua da catedral, mas ela estava interditada. O rádio noticiava que a Assembleia realizaria uma sessão extraordinária no início da tarde. A reportagem prosseguia com declarações de passantes escolhidos a esmo. Isso é uma vergonha, uma vergonha, dizia um desconhecido. Regatear um pedaço de terra para enterrar a rainha é uma coisa de louco. E o senhor? Eu não entendo bem dessas coisas. Defendo que tudo se faça dentro da lei. Dessa lei sobre a mulher do rei, do presidente e todas as outras. O senhor inclui aí a viúva do ditador? Como? Não, não, não. Não me misture com essa gente, meu filho. Estamos falando da rainha, de coisas elevadas, não de lobos e panteras, como diz o povo.

O rádio interrompeu as entrevistas para noticiar que uma terceira declaração da Corte Real era aguardada a qualquer momento.

12. Em Haia. As quadragésimas.

Por um longo período ninguém testemunhou a presença de Bessfort Y. em Haia, e menos ainda dos dois, naquele quadragésimo dia antes do fim. Mais ainda: como para eliminar a menor sombra de qualquer dúvida, havia todas as evidências de que precisamente naquele dia eles estavam na Dinamarca. A amiga dela na Suíça, que costumava se mostrar insegura em seus testemunhos, neste caso fora taxativa: Rovena telefonara do vagão do trem exatamente quando o comboio entrara na Dinamarca. Algumas anotações no bloco de Rovena, quatro dias antes da viagem, reforçavam a versão. "Jutlândia. Saxo Grammaticus.* Pelo que sei é o lugar onde Hamlet (Amleth)... Visita de dois dias."

Na verdade a suposição sobre Haia brotara da expressão "espero que vocês dois acabem em Haia!", usada pela amiga íntima de Rovena, Liza.

Não corroborada por nenhum bilhete de passagem ou registro em hotel, a suposição parecia destinada a tombar por terra tão

---

* Monge medieval, autor de uma crônica histórica. (N. T.)

facilmente quanto nascera, incluindo a viagem entre as chamadas viagens interiores, que só acontecem na cabeça do suposto viajante, ou, em casos como o de Haia, na mente de alguém que gostaria de arrastar um desafeto para o banco dos réus.

Seria, portanto, algo facilmente descartável, sobretudo em vista do álibi dinamarquês, porém tinham bastado algumas linhas do diário de seu companheiro de viagem, o eslovaco Janek B., com quem Rovena tivera um caso fugaz, para que o ameaçador nome da cidade holandesa ressurgisse. O diário descrevia de modo breve e completamente nebuloso o pesadelo de um sujeito que tomava por intimações para a Corte de Haia alguns anúncios de compra e venda de apartamentos e páginas em branco coladas em postes telefônicos.

A descoberta de um outro caderno do diário pusera fim à confusão. O estilo da escritura se fazia mais compreensível, e junto com ele esclareciam-se muitas coisas sobre a relação entre o eslovaco e a bela albanesa, assim como a história do pesadelo, que nem sequer fora sonhado jamais pelo estudante eslovaco, e sim por Bessfort Y.

"Depois da noite em que me regalou sem rodeios com aquele presente inesperado, R. sofreu uma transformação", escrevia Janek B. Em linhas contidas, ele exprimia seu desgosto, embora tratasse de evitar essa palavra e sobretudo a outra, "sofrimento".

As anotações eram confusas. As frases com frequência ficavam inacabadas. Mesmo assim elas permitiam que se imaginasse a perplexidade do autor no dia seguinte, quando ela não aparecera na boate.

Ele bebia. Tentava não dar na vista. Dias antes, dissera meio brincando: Nós, ex-orientais, já tivemos nossa cota de sofrimento. Agora é a vez de vocês, ocidentais.

O olhar de alguém parecera responder-lhe: Meu querido, o sofrimento te agarra seja qual for o regime.

No dia seguinte ela chegara à universidade transtornada. Dera a desculpa da chegada de alguém do país dela, a Albânia. Estava pálida e dispersiva, apressada. Seria um mafioso? Um traficante de escravas brancas? Um namorado? Janek B. assinalara com pontos de interrogação as três suposições sobre o visitante misterioso, sem que nem ele próprio soubesse qual das três preferia. A imprensa estava cheia de notícias sobre bandidos albaneses. Vindos de longe, carregados de ameaças e deixando atrás de si o vazio e o pavor.

Janek B. tratara de dirigir-se cautelosamente a Rovena, enquanto ela arregalava os olhos sem saber aonde o estudante queria chegar. Por fim, quando entendera, balançara a cabeça para dizer: Não, não, não tinha nada a ver, menos ainda com ameaças, tráfico...

Ele tivera vontade de sacudi-la pelos ombros: Então, que diabo você tem?, porém algo o impedira. "R. voltou a frequentar a boate. Mas não está rolando mais nada." Continuavam a sentar juntos, sob os olhares curiosos dos outros: esses orientais, são difíceis de entender, sabe-se lá o que passaram naquelas ditaduras.

Às vezes a garota se alegrava, mas em seguida seus olhos se tornavam pensativos. Janek remoía a pergunta: será que ela ao menos lembrava que tinham dormido juntos? Ele não sabia como mencionar a lembrança sem ser grosseiro. "Ontem cheguei a falar: Lembra como foi bom naquela noite, quando dançamos juntos pela primeira vez e depois...?"

Aguardara a reação dela com o coração aos saltos. De repente, os cílios dela pareciam mais longos e fartos. Por fim ela erguera os olhos para dizer: Sim, foi bom — mas desapaixonadamente, sem frieza, sem saudade tampouco, como se falasse de uma pintura. Ele dissera a si mesmo que fosse o que tivesse de ser e mencionara o visitante vindo de longe. Rovena havia baixado o olhar, mas ele tivera a impressão de que a pergunta não a constrangia, longe disso. Encorajado, indagara: Você não se cansa de pensar nele?

A frase fora dita numa voz suave, quase um sussurro. Quando ela erguera os olhos, eles não mostravam o menor traço de zanga; ao contrário, transbordavam de gratidão. "Seria preciso ser uma besta para não entender que ela queria falar daquilo."

Gosto de homens complicados, dissera ela mais tarde, depois de um longo silêncio. Como complicados?, perguntara ele. Em tudo, fora a resposta.

De imediato, a mente dele se voltara às suspeitas anteriores. Complicações com negócios escusos, perigosos? Muitas mulheres se apaixonavam por bandidos. Ultimamente andava na moda.

Ela brincava com uma mecha de cabelos como uma ginasiana apaixonada. Ele é complicado, prosseguiu, como se falasse sozinha. O coração de Janek se apertou quando ele julgou enxergar o brilho de uma lágrima nos olhos dela. Certa noite ele deu um grito durante o sono, por causa de um pesadelo, prosseguira ela. Ah, veja só, pensara Janek. Ele seria capaz de gritar dormindo o resto da vida se isso fizesse os olhos das mulheres se enternecerem assim. Enchera-se de coragem interiormente, mas não ousara dizer nada. Até ouvira com um olhar compenetrado a narrativa do sonho do outro, o famoso sonho sobre a intimação para o tribunal de Haia, colada nos postes dos pontos de ônibus e nos troncos das árvores.

"Se os outros nos virem assim aos cochichos, certamente vão pensar que voltamos."

Alguns dias depois, Janek começaria uma página do diário com as palavras "descoberta" e "vergonha".

"Fiz uma descoberta. Que é ao mesmo tempo uma vergonha para mim. Uma vergonha que surpreendentemente não me aborrece nem um pouco. Daquelas das quais se diz que alguém engole sua vergonha com pão e manteiga."

A espantosa descoberta do eslovaco fora que o misterioso visitante, a quem Janek responsabilizava por seu afastamento de Rovena, era precisamente quem agora os estava aproximando.

O estudante baixara a cabeça, aceitara exatamente aquilo que muitos abominariam como a pior das ofensas: ficar com uma mulher com a condição de que o tema de suas conversas fosse o outro!

A condição, evidentemente, nem uma vez fora explicitada, mas ele a entendera. Sentia de longe a impaciência dela por atropelar os outros assuntos para finalmente chegar a "ele". Não escondia que mantinham a relação havia anos. Contava sobre as viagens que tinham feito juntos, os hotéis, as praias no inverno. Nunca dissera que atravessavam uma crise, mas ficava subentendido.

"Aconteceu o inacreditável. Dormimos juntos outra vez."

Ainda mais inacreditável que o consentimento dela fora que nada mudara depois. Pelo contrário: agora que ela se dava parecia natural e de forma alguma ofensivo ele ter o direito de solicitar uma remuneração.

"Já não existe a menor esperança", escrevera Janek no diário dois dias depois.

Realmente não havia nenhuma esperança de que as coisas fossem se arranjar. O corpo dela se recostaria ao lado dele, tal como antes, mas ela própria nunca estaria ali. Tal como antes, sua mente estaria em outro lugar. Enquanto ele teria de pagar o preço, centavo por centavo. Quisesse ou não, teria de obedecer ao pacto: ouvi-la falar do perverso ausente que Janek mais do que ninguém tinha o direito de odiar.

Ele alimentava a esperança de que, quando a crise passasse, ela não precisasse mais das narrativas. Punha-se a imaginar o que aconteceria então: o pacto seria rompido. E junto com ele tudo mais.

De fato assim sucedera. Os encontros foram rareando até se interromperem. Ele procurara conviver com o mal. Agora eram como amigos. Vocês voltaram?, perguntara ele um dia. Ela aquiescera com um gesto. Ainda assim restava a esperança de que outras crises viessem e ele, para sua vergonha, tiraria proveito.

Entre aliviado e amargurado com o novo estado de coisas, ele puxara o assunto das notícias de bandidos albaneses. Nos últimos tempos eles tinham voltado a proliferar. Ela dera de ombros, desdenhosa.

Muito mais tarde, na calçada de um café, depois de falarem sobre Bessfort Y. o eslovaco fizera repentinamente a pergunta: Por que ele tem medo de Haia?

Ela rira. Medo de Haia? Não creio. Eu queria dizer: medo de uma viagem a Haia. Ela balançara a cabeça num gesto de negação. Eu diria o contrário. Vamos viajar a passeio até lá, juntos. Visitar a Holanda, as plantações de tulipas... Mas Haia antes de ser um canteiro de tulipas é um grande tribunal... As consciências pesadas só pensam nisso. Ah, entendi o que você quer dizer, respondera ela, sem esconder o nervosismo. Mas escute bem: vamos até lá para nos divertir, ver as tulipas... Escute você também, gritara ele: não foram anúncios de tulipas que ele viu no sonho, mas uma intimação do tribunal...

Entreolharam-se com azedume em meio ao silêncio. Você não sabe de nada, disse ela numa voz gélida. Em vez de responder, ele mergulhou a cabeça entre as mãos. Desculpe, disse, num soluço. Desculpe, eu nunca devia ter feito isso.

Quando Janek afastou as mãos, ela viu que ele chorava de verdade. Estou mal, prosseguiu ele com a voz entrecortada. O ciúme me cegou. Não sei o que dizer.

Ela esperou que ele se acalmasse, depois, tomando as mãos dele entre as suas, indagou suavemente: Como sabe o que ele viu no sonho?

Seus olhos, depois que ele enxugou as lágrimas, pareciam maiores e indefesos.

Você mesma contou... Quando queria me convencer de como ele era complicado...

Ela nada disse. Apenas mordeu o lábio inferior, numa muda interjeição: Meu Deus!

Seriam essas anotações de Janek B. que, anos mais tarde, fariam a amiga na Suíça enxergar sob uma nova ótica a breve conversa telefônica com Rovena enquanto esta viajava pelo norte. Na verdade fora um detalhe, que na época ela tomara por um lapso, a chave para decifrar toda a barafunda de Haia. Alô, coração, como vai? Que bom que você ligou. Você está falando de onde? Você nem pode imaginar. Da Dinamarca, num trem. É? Vou encontrar Bessfort. Que maravilha! Veem-se moinhos de vento, campos de tulipas... Campos de tulipas?... Quero dizer... umas flores que parecem tulipas... não sei o nome. Mas não tem importância. Só quero dizer que estamos juntos de novo. Alô... Não estou ouvindo direito... Até logo, coração. Até logo.

Que idiota eu sou, dissera Rovena ao desligar o telefone. Uma determinação tão simples e ela quase a violara. Não conte a ninguém sobre essa viagem a Haia, dissera Bessfort. Quando ela indagara em tom brincalhão o porquê, ele respondera no mesmo diapasão: À toa, tive essa ideia, de fazermos uma viagem secreta. Acho que é justo que todo mundo tenha pelo menos uma viagem secreta na vida. Alegremente ela respondera: Ok.

Em um segundo telefonema, ela explicara que em casos assim a melhor maneira de não se confundir quando perguntassem para onde iam era a substituição. Por exemplo: substitua Holanda por Dinamarca. Portanto, uma viagem à Dinamarca, para ver, digamos, o cenário da verdadeira história de Hamlet. Já que estamos falando disso, você tem um lápis? Escreva então: Jutlândia; é o nome da região. E Saxo Grammaticus, o seu primeiro cronista. Escreve-se com "x" e dois "mm". Isso basta. Você não precisa se embrulhar com aqueles intermináveis ser ou não ser. Ok?

Que idiota eu fui, recriminou-se de novo Rovena. Tratou de não pensar mais na gafe. Tinha se preparado para aquela viagem com tanto zelo que não valia a pena aborrecer-se com uma tolice. Além da lingerie, guardara para ele outra surpresa: duas pequenas tatuagens, uma entre o umbigo e os seios... outra na anca. De modo que ficariam em relevo em qualquer posição amorosa, fosse uma ou a outra. Sentia que ainda dispunha de uma porção de gestos ternos, mas não estava segura de ter o direito de usá-los.

O barulho monótono do trem dava-lhe sono. Cansei, disse consigo, dirigindo-se ao homem que a esperava.

Ocorriam-lhe a toda hora os versos de uma música que provavelmente não ouvira mas inventara:

Mesmo se eu vivesse duas vidas
Em ambas eu te amaria.

Duas vidas, pensou. É fácil falar. Até então não se permitia ter uma segunda vida. E menos ainda gostar de alguém tanto em uma como na outra. Ainda assim, os seres humanos não abriam mão. Com os dois era a mesma coisa. Conservavam uma espécie de clone pálido, palidíssimo, daquela vida proibida. Mas fingiam que não se gostavam por medo dela e, sobretudo, de atraírem a fulminante cólera dos céus.

Sorriu ao sair de sua breve sonolência. Quando era uma garotinha, gostava de se enganar assim, torcendo as coisas a seu favor.

Todo esse segredo, pensou. As desconfianças de Janek B. achariam campo para proliferar furiosamente. Bastaria a metade delas para gelar o sangue de qualquer mulher a caminho de encontrar seu amante... Nem uma palavra sobre essa viagem. A ninguém. Destrua a passagem de trem e qualquer outro vestígio. Depois entenderá por quê.

O alto-falante transmitiu algo em holandês e a seguir em inglês. Estavam chegando a Haia. Ela usou pela terceira vez o celular, mas tal como antes ele não atendeu.

Achou facilmente um táxi. E com a mesma facilidade o hotel. Tinha um nome flamengo. Sem coroas. Na recepção disseram que não havia mensagens para ela, exceto a recomendação de que fosse ao quarto de Bessfort Y. Ele não estava.

Vagueou por um tempo pelo quarto espaçoso. As duas malas de viagem ali estavam. No banheiro, o aparelho de barbear e o perfume bem conhecido. Sobre uma mesinha, um ramo de flores junto com um bilhete de boas-vindas da gerência do hotel, em inglês. Dele, porém, nem sinal.

Deixou-se cair numa poltrona e passou um bom tempo assim, exaurida. Saxo Grammaticus, Jutlândia... Fosse como fosse, ele bem poderia ter lhe deixado uma palavra. Estarei aí às tantas horas. Ou apenas: Espere por mim aí.

Por mais que ela evitasse, seus olhos fitavam sempre o telefone. Levantou-se para ligar de novo, mas subitamente uma das malas pareceu-lhe uma completa estranha. A outra também. Gelou ao lhe ocorrer a ideia de que podia ter entrado no quarto errado. Foi até o banheiro num impulso, para fugir da dúvida, e logo recuperou a confiança. Poucos homens usavam aquele perfume.

Abriu uma por uma as portas do armário. Nenhuma das camisas fora pendurada como era o hábito dele ao chegar a um hotel. Seus olhos deslocaram-se outra vez para as duas malas e, sem pensar, abriu o zíper de uma. Não chegou a ver muita coisa porque um grande envelope escorregou para a cama. Ia colocá-lo no lugar, quando um punhado de fotos escapou dele. Inclinou-se para guardá-las com as mãos trêmulas e em seguida soltou um grito. Uma delas mostrava uma criança ensanguentada. As outras também. Passou-lhe pela cabeça que entrara por engano no quarto de um assassino serial e em seguida pensou o que deveria fazer. Gritar por socorro? Sair correndo do quarto? Ligar para a polícia?

Ninguém deve saber que você vai para Haia... Debruçou-se de novo sobre o envelope. Trazia o endereço do destinatário: Bessfort Y. Conselho Europeu. Departamento de Crises. Estrasburgo."

Era ele.

Céus, pensou. Junto com o pavor sentia uma espécie de alívio. Pelo menos ele era mesmo do Conselho Europeu. O endereço no envelope revelava isso. Assim como indicava que as fotos tinham sido enviadas por alguém. Quem sabe para chantagear. Para fazer menção a alguma coisa...

Estremeceu ao ouvir o toque do telefone. Enxugou a fronte antes de erguê-lo. Era ele. Ela só captava fragmentos do que ele dizia. Pedia desculpas, mas ainda ia demorar. Aconteceu uma coisa, disse ela. É? Não posso falar pelo telefone. Estou sentindo pela sua voz. Você faria bem em dar uma volta. A cidade é agradável. Às cinco horas estarei aí.

Fez o que ele dissera. Na rua tudo lhe pareceu mais fácil. Impossível. As pernas a conduziam por uma rua que era realmente simpática. Todas as suspeitas de pouco antes agora pareciam uma loucura. Com certeza ela não andava bem dos nervos. Pela segunda vez teve a impressão de ouvir alguém falando em albanês. Ouvira dizer que as crises nervosas muitas vezes começavam assim, a pessoa ouvia vozes.

Parara diante de uma vitrine, quando ouviu pela terceira vez a mesma coisa. Ficou paralisada, enquanto as vozes se distanciavam. Só então voltou-se para ver. O pequeno grupo de afastava ruidosamente. Não imaginava que em Haia pudesse haver tantos albaneses. Talvez fosse esse o motivo da insistência de Bessfort sobre o segredo.

Entrou no primeiro café que encontrou. Vista através da vidraça, a rua parecia mais bonita. Não se admirou mais quando outras frases em albanês lhe chegaram aos ouvidos. Falavam alto, como de costume. Fumavam. Ela ouviu as palavras "sessão de hoje", depois um xingamento, "um merda", seguido pelo nome de Miloševi. Tudo se esclarecia. Ali perto devia ficar o prédio do famoso tribunal.

Sorveu o café sem se voltar. Em dado momento teve a impressão de ver um rosto conhecido. Ele estava sozinho numa mesa e não ocultava sua curiosidade pela ruidosa conversa dos estrangeiros. Com certeza ela já vira aquele rosto. De repente lembrou. Era um conhecido escritor. Em outra circunstância, teria sido natural abordá-lo, já que ela estudava na Áustria, a terra dele, porém lembrou de suas posições pró-sérvias e a vontade sumiu.

Bessfort com certeza estava no Tribunal. Isso explicaria os pesadelos com intimações. Também os gritos noturnos e principalmente o segredo.

Imaginava-o perdido em algum ponto daquele labirinto. O tempo se arrastava. Na mesa ao lado do austríaco, sentou-se outra leva de clientes ruidosos. Ele pediu um segundo café e depois ela achou que ele se pôs de novo a escutar atentamente o que diziam os vizinhos.

Rovena queria pensar na cama do hotel. Como já ocorrera no trem, sentiu como se as tatuagens ganhassem vida em sua pele. Qual das duas seria a vencedora? Recordou confusamente algumas guerras antigas e maçantes com nomes de flores ou insetos. A Guerra das Duas Rosas, ou seria das Duas Borboletas?

No trem deixara-se seduzir momentaneamente pela tatuagem da anca. Tinha certeza de que ele ia gostar. Mais ainda porque era raro fazerem amor daquele jeito.

Transbordando de desejo, pediu outro chá. As fotos das crianças eram agora uma coisa remota. Os ponteiros do relógio ganhavam velocidade, como se tivessem despertado. Ela tinha a impressão de estar atrasada.

Uma hora mais tarde, na cama do hotel, a sensação ainda a perseguia. Tinham feito amor, sem se dizerem quase nada do que ela havia pensado. Até a rivalidade entre as tatuagens tinha acontecido diversamente. Você disse que aconteceu uma coisa. É verdade. Mas não é fácil para mim contar. Entendo. No princípio muitas coisas dão essa impressão. Depois... Depois o quê? Nada no mundo é inarrável. Não concordo. Talvez por você ser mulher. Talvez. O que você fez durante esse tempo? Você está falando do tempo que ficamos sem nos ver? Ela queria gritar: O que eu fiz? Nada, quer dizer, tudo. Assim pensou. Mas disse: Por que quer saber?

Não tem problema, disse ele, calmo. Isso são coisas que já superamos há muito tempo.

Às pressas, desejando secretamente que ele não ouvisse nem metade do que dizia, ela contou o susto que levara quando chegara ao hotel e achara que o quarto não era aquele. Quer dizer, que era de outro. Tudo, até as malas, parecia estranho, tudo exceto o perfume. Mas outros homens não usavam o mesmo?

Baixou a voz ao relatar como, para se assegurar que era ele, para reconhecer nem que fosse um objeto, fizera algo contra seus hábitos: abrira o zíper de uma das malas.

Teve a impressão de que ele ouvia sem prestar muita atenção e disse consigo: Ainda bem. Ainda assim não ousava seguir adiante.

Vamos descansar um pouco?, disse ele. Tive um dia cansativo. Você também, acho. Quando se deu conta, pela respiração, de que ele adormecera, pareceu-lhe que o cérebro recuperava a clareza. Mentalmente relatou a ele o que acontecera depois de abrir a mala, as fotos macabras, o medo que sentira. Depois perguntou tranquilamente se as intimações que apareciam nos sonhos de fato o apavoravam. E se era assim, qual a relação entre elas e aquelas crianças mortas? E, afinal de contas, por que tinham ido para lá, Haia, secretamente como dois culpados?

Aliviada, chegou a adormecer por alguns instantes. Por duas ou três vezes tentou lembrar como ele respondera. Imaginou a pior versão: o rosto sombrio, o olhar gélido. Como você se atreve a fazer essas perguntas? Você não passa de uma garota de programa. Uma puta de luxo que eu pago.

Antes de descerem para o jantar, ela permaneceu mais tempo diante do espelho do que era seu hábito. Na mesa do restaurante ele a fitou quase espantado. Rovena tinha notado que uma mesa de jantar à luz de velas criava vínculos misteriosos com os homens. As velas faziam parte da confraria deles, mas ainda assim se portavam como aliadas das mulheres. Proclamavam abertamente sua adoração, derretiam-se por elas, estimulando os homens a fazerem o mesmo.

— Você está mais bonita agora — disse Bessfort baixinho.

Rovena não tirava os olhos dele.

— Você diz isso com um certo esforço ou é só impressão minha?

— Esforço? Por quê?

Rovena atrapalhou-se.

— É que... agora... agora que somos diferentes... Na verdade eu queria dizer... Você agora gostaria que eu ficasse feia?...

— Ah, não. Poderia querer qualquer coisa, menos isso.

— Para dizer a verdade, não era exatamente isso que eu queria dizer... Queria... Para ser franca, queria perguntar uma coisa. Umas perguntas que me torturaram no hotel enquanto você dormia.

Num impulso, como se temesse perder a coragem, ela por fim revelou todas as suas suspeitas. O semblante dele permaneceu fechado por um tempo, como ela pensara na pior versão. Quem é você para se atrever a me espionar deste jeito? Uma garota de programa, nada mais. Você não tem o direito de me falar assim. É verdade que você fez de mim uma puta de luxo, mas um dia já foi o meu homem.

Embora nenhuma das últimas palavras tenha sido pronunciada, ela sufocava de emoção. Também sentiu medo, como antes, porém mais de si própria que dele.

Ele pensou longamente antes de responder. Aquilo que tinha escorregado depois que o zíper da mala se abrira eram de fato fotos de crianças mortas. Mas não era o que ela podia ter pensado. Eram crianças sérvias estraçalhadas pelas bombas da Otan.

Rovena escutava estupefata. Mordeu os lábios e por duas vezes pediu desculpas. Não havia motivo para desculpas. Qualquer mala onde se achassem fotos assim seria um pavor. Elas davam ensejo às piores suposições, inclusive a suspeita de que ele, Bessfort Y., fosse um assassino de crianças. Na verdade fora precisamente para isto que tinham sido enviadas. Para apontá-lo como um assassino.

Timidamente ele a tomou pela mão. Seus dedos pareciam mais longos e finos. Falava como se ela não estivesse ali. O que estava ocorrendo era difícil de descrever. Era um macabro concurso de fotografias. Crianças sérvias diceradas por bombas. Crianças albanesas retalhadas a faca. Os dois lados as enviavam a todo tipo de instituições, comissões e comitês. Seguiam-se sinistras polêmicas. Haveria ou não uma hierarquia da morte? Uma ala insistia que qualquer morte de uma criança era uma tragédia infinita e portanto recusava a hierarquia. Ele pensava de outro modo. Um menino morto num acidente de carro era algo distinto de outro vítima de bombas. E ambos ficavam longe de um bebê crivado de facadas. Pela mão de alguém, compreende? Não por bombas cegas, mas por mãos humanas. Oitocentos bebês albaneses sacrificados a faca como cordeiros, muitas vezes diante dos olhos das mães. Era de enlouquecer. Era o fim do mundo.

Seu hálito ao falar fazia as velas sobre a mesa oscilarem levemente. Ela queria que parassem de falar daquilo.

Depois do jantar, na boate, ela mencionou as tatuagens, e a pergunta do tatuador sobre por que ela as faria: por saudades de alguém, para pagar uma promessa ou por outro motivo.

Diferentemente de outras ocasiões, ele não procurou saber mais nada sobre o sujeito que tocara o corpo dela. Parecia ainda estar com a cabeça na conversa do restaurante.

Rovena concluiu que, sem extrair até o fim tudo que ele pensava, dificilmente conseguiriam falar de outra coisa. Referiu-se outra vez às fotos e à disputa macabra, antes de indagar por quê, se ele não se sentia culpado, mesmo assim dava a impressão de ter a consciência pesada.

Ele esboçou um sorriso forçado.

— Porque sou um cidadão... O que significa que nada na vida das cidades me é indiferente...

Rovena não entendeu o que ele queria dizer, mas conteve-se.

Como se o pressentisse, ele continuou a falar, num tom baixo. Disse que independentemente do que dissera sobre os bebês albaneses, compadecia-se também das crianças sérvias. Ocorria que nos Bálcãs, por infelicidade, as coisas não eram assim... No restaurante ela perguntara por que tinham vindo a Haia em segredo, como dois culpados. Ela precisava saber que ele não recebera nenhuma intimação do tribunal, exceto algumas trazidas por pesadelos. Mesmo que as recebesse não se pautaria por elas mas por outra coisa, por sua consciência. Toda gente deveria vir a Haia, como quem desce às repartições de Hades, o inferno dos antigos gregos. Cada qual por sua salvação. Em silêncio e na penumbra.

Acorreram à lembrança de Rovena a barba e os olhos imóveis do austríaco, ao lado da clientela albanesa no café.

Enquanto falava, Bessfort buscava com os olhos o garçom, aparentemente para pedir seu segundo e último uísque.

Ele se lembrou do tatuador quando passava da meia-noite, na cama, antes de fazerem amor. Era educado? Bonito? Canalha? Um pouco de tudo, respondeu ela. E cometera o erro de todos os machos em circunstâncias semelhantes: mesmo sendo informado de que a tatuagem se destinava a um futuro encontro amoroso, preferem acreditar que o tesão da mulher é por eles.

Como na maioria das vezes, a narrativa de Rovena permaneceu inacabada. Enquanto ela estava no banheiro ele ligou a TV. As estações se sucediam, a maioria em holandês. Numa delas pareceu-lhe ouvir o nome da Albânia. Continuou a procurar até chegar a um noticiário em inglês. A rainha morreu, disse a Rovena quando ela saiu do banheiro. Ela pareceu não ter ouvido bem. Não a da Holanda, a rainha da Albânia morreu. Ela ergueu as sobrancelhas num gesto meio espantado. Faz meses que isso aconteceu, não lembra? Nós estávamos no motel, em Durres. Claro que lembro. Mas esta é outra, não a mãe, e sim a mulher do rei. Ah, fez ela. Esquisito.

Na tela, o cortejo de carros pretos desfilava lentamente diante da catedral de Tirana.

Bessfort manifestou mais ou menos a mesma surpresa, enquanto lhe cobria os ombros nus. Para um país pequeno, ex-stalinista, lidar num tempo tão curto com duas rainhas mortas... era demais.

Arrepiada, ela se achegou a Bessfort.

13. As sétimas.

Uma semana antes da queda era difícil dizer se ele ou ela tinha alimentado maus pressentimentos. Na segunda-feira, ao ficar sabendo que ele viria, Rovena fizera sua visita habitual ao ginecologista. A vagina estava em excelente estado, dissera o médico. Que bom, respondera a moça. Em seguida, para sua própria surpresa, acrescentara: Meu namorado chega no sábado.

O médico também se admirara, embora fizesse muito tempo que a tinha como paciente. Eis um sujeito de sorte, dissera, enquanto ela se vestia (Pensei que era um modo de não escandalizar a paciente, quando a conversa involuntariamente fora além dos limites de uma consulta médica).

Ao sair ela tinha a sensação de ainda estar com as faces afogueadas de vergonha. Uma chuva fria caía na rua. Entrou no primeiro bar em seu caminho e pediu um café. Burra, pensou. Quando você vai finalmente deixar de cometer o velho erro de contar a qualquer um os seus segredos, sem o menor juízo ou motivo?

Contestou mentalmente a si mesma que, fosse como fosse,

os ginecologistas fazem parte do círculo mais íntimo de uma mulher. Não tinha Rovena, meses atrás, expressado admiração por sua competência profissional, quando ele indagara depois da consulta: Você começou a usar preservativos?

Rovena ficara perturbada. Uma pergunta banal, que em outras circunstâncias teria soado como a mais corriqueira do mundo, de repente assumira outras dimensões em sua mente. Compreenda, doutor, eu... Ele escutava com olhos de espanto, sem entender quase nada. Em um alemão que subitamente se atrapalhava, ela tentara explicar que ainda estava com o mesmo namorado, aquele que ele conhecia... quer dizer... que conhecia através... da vagina dela... aquele com quem não usava preservativos... Acontecia que os encontros com ele não eram frequentes... eram muito esporádicos... e justamente isso fora a causa de uma outra relação... superficial... passageira...

Senhorita, interrompera-a por fim o médico, isto são coisas de sua vida íntima, nas quais não devo de forma alguma me intrometer (Intimidei-me ao ver-me involuntariamente no papel de moralista, com ela tratando de se justificar. Em tom severo repeti que nada daquilo me interessava, que me referia apenas à vagina dela, na qual observara uma leve irritação da mucosa, ao que parecia provocada pelo látex de um preservativo).

Independentemente de nunca ter tocado no assunto, com certeza ele faz parte do movimento verde, pensou Rovena enquanto bebericava o café. Sob esse prisma, as palavras dela, que pouco antes tinham soado como uma idiotice, podiam adquirir uma certa razão de ser. Desejara partilhar uma boa notícia com ele, com sua consciência ambientalista, a chegada do parceiro... natural.

Por mais incrível que pudesse parecer, precisamente naquele instante, enquanto ouvia o noticiário televisivo a mil quilômetros de distância, Bessfort Y. não conseguia afastar a mente do branco ventre de Rovena e da possibilidade de ela estar grávida dele. O papa João Paulo II aparecia na tela, mais exaurido que nunca. E no entanto ninguém poderia esperar dele a menor concessão no que se referia a relações sexuais entre homens e mulheres. Tudo devia ser feito tal como mil, quatro mil, quarenta mil anos atrás. Ele contou nos dedos os dias que faltavam, e o número sete pareceu-lhe desmesurado. No café, Rovena digitou o DDI da Suíça, mas em seguida lembrou que naquele horário os telefonemas custavam mais caro, então resolveu falar depois com sua amiga.

Fora do café a chuva se adensava. Os transeuntes pilhados na rua pelo aguaceiro pareciam amedrontados enquanto tratavam de se salvar. Um deles, com a gola da capa agitada pelo vento, dava a impressão de mudar de rosto a cada instante. Depois do papa, surgiram na tela uns terroristas árabes que ameaçavam um refém europeu de joelhos a seus pés. Bessfort Y. fechou os olhos para não ver a pancada. Rovena maquinalmente discou de novo o DDI da Suíça, mas em seguida lembrou-se do horário inadequado. O sujeito da capa esvoaçante passou ameaçadoramente encostado à vitrine do café. Por um instante deu a impressão de que iria esbarrar nela, mas virou e afastou-se num negro turbilhão. Assim deve parecer o Andrógino de Platão, pensou ela. Bessfort falara dele no último telefonema. A princípio ela se assombrara. Veja só, veja só, dissera, rindo, esse tipo de gente devia ser o máximo, homem e mulher num só corpo, sem mais essa história de "Me ama, não me ama, me deixa, te deixo..." Por isso os deuses tinham se enciumado dele, dissera Bessfort. Justamente por ciúmes o tinham cortado ao meio; desde então, sempre conforme Platão, as duas metades se procuram. Que tristeza, dissera ela. A música sobre as duas vidas com o mesmo amor tinha lhe acorrido repentinamente desnaturada, tal como ela a ouvira anos antes de um bêbado, na porta de um bar de Tirana:

Mesmo se eu vivesse duas vidas
Em nenhuma eu te amaria.

Rovena sentia-se tão aflita que discou pela terceira vez o DDI da Suíça. Que notícias irritantes, reclamou consigo Bessfort Y., a mil quilômetros de distância, ao desligar a TV.

O temporal amainou temporariamente, para mais tarde recobrar a fúria, porém dessa vez sem chuva, como um soluço seco. Rovena a custo chegara até a porta do alojamento. Subiu para seu quarto, fechou a janela e quedou-se imóvel diante dos vidros. As lufadas do vento ora uivavam ameaçadoramente, ora gemiam num lamento, como se implorassem piedade. Uma parte da cena ficava nas trevas e a parte restante, de uma luminosidade doentia, era atravessada por embalagens de papelão, todo tipo de dejetos e trapos de papéis, agitando-se de um lado para o outro. Todos poderíamos estar ali, pensou ela. Formas vazias, desprovidas de essência, redemoinhavam naquela mixórdia. E as tatuagens dela, agora desfeitas, talvez em duas metades, a dela e a dele, impiedosamente cortadas e a procurar-se uma à outra.

O noticiário da noite na TV mostrou, em meio às cenas de destruição causadas pela tempestade, um velho teatro provinciano cujo depósito de figurinos fora pelos ares. Duas capas de Hamlet, uma da apresentação de 1759 e outra de um século mais tarde, eram peças especialmente preciosas, de modo que o teatro prometera uma recompensa a quem as achasse. Que notícia maluca, voltou a dizer Bessfort Y. ao desligar o aparelho.

Foi dormir depois da meia-noite como de costume. Ao amanhecer teve um sonho que o despertou.

Uma lassidão nostálgica, como nunca sentira antes, o prostrara por completo. Havia nela tristeza, mesclada com desesperança, porém em doses tão insuportáveis que criavam uma infinita e informe doçura.

Era um sonho do tipo que fica na lembrança. Ele estava num descampado, que recebia não se sabia de onde uma débil iluminação. No meio dele havia uma construção de gesso e mármore, uma espécie de mausoléu e ao mesmo tempo motel, do qual Bessfort aproximava-se calmamente.

Era a primeira vez que via a construção e no entanto ela não lhe era desconhecida. Deteve-se diante da porta e das janelas, ou melhor, diante das marcas onde elas tinham estado um dia. Agora, cobertas de tinta a óleo da mesma cor do gesso, mal se faziam notar.

Tinha a sensação de saber o motivo de estar ali. Sabia até quem estava trancafiado atrás dos muros, pois chamou em voz alta seu nome. Um nome de mulher, que ele próprio pronunciou mas não chegou a ouvir e nem sabia de quem era. Saiu de sua garganta débil e desesperançado. Sentia apenas que era um nome de três ou quatro sílabas. Qualquer coisa como Iks-zet-i-na...

Recordou o enredo do sonho, e a lassidão e a melancolia voltaram a se tornar insuportáveis.

Ligou a lâmpada de cabeceira e olhou as horas. Quatro e meia. Lembrou-se de que mesmo os sonhos que parecem inesquecíveis podem se desvanecer.

Durante o café, no primeiro telefonema, vou contá-lo a Rovena. Preciso, pensou tranquilamente.

O pensamento de que assim faria devolveu-lhe a calma. Adormeceu em seguida.

… P A R T E

1.

Com as duas capas levadas pela tempestade, interrompia-se estranhamente, uma semana antes do seu verdadeiro desfecho, a crônica da vida de Bessfort Y. e Rovena St. Numa nota de esclarecimento, o investigador reafirmara a ideia de que, na impossibilidade de registrar a história completa dos dois, tal como apresentada no dossiê, concentrara-se nas últimas quarenta semanas de vida do casal. Derivava daí que a conclusão da crônica, com os figurinos de dois Hamlets, levados pelo vento enlouquecido, não fora premeditada e, consequentemente, não devia ser interpretada como um desenlace simbólico. E menos ainda o sonho que Bessfort Y. tivera ao amanhecer e que horas depois contara a Rovena por telefone. Outro motivo poderia ter levado a que, contrariando a promessa, a última semana, que em casos assim é aguardada com maior impaciência, permanecesse fora da crônica.

Aparentemente simples, fora ganhando densidade à medida que o investigador se concentrava nela, convertendo-a em motivo principal. A última semana não estava completa. Um fragmento dela, mais precisamente os três derradeiros dias antes que a morte os devorasse, estava divorciado da sequência de dias. Eram exatamente os três dias em que Bessfort se licenciara do Conselho Europeu. Com exceção do pedido de licença, feito em seu último telefonema, nenhum sinal tangível daqueles três dias fora achado em parte alguma. Os depoimentos dos garçons dos bares e recepcionistas de hotéis mergulhavam cada vez mais em um nevoeiro. Não havia registro de nenhuma chamada telefônica, nem do quarto do hotel nem de seus celulares, ambos desligados. Mais pareciam três dias que não lhes pertenciam, alienígenas, que os dois faziam parte do rol dos que supostamente perambulam pelo universo, excluídos por acaso das vidas humanas e tratando de se intrometer em alguma vida que não era a deles. Por assim permanecerem, forasteiros, nem se ligam nem se fazem entender por quem quer que seja, e menos ainda pelos donos das vidas em que se abrigam.

Em outra anotação, o investigador tentava explicar a ordem esquisita, ou, como dizia ele, "caranguejante", das semanas e dias. Essa ordem invertida (as quadragésimas, as sétimas, alinhando-se antes e não depois da morte, contrariando um hábito de toda a raça humana) foi motivada, segundo ele, pelo desejo de oferecer, na medida do possível, uma visão de conjunto, embora invertida, do tempo vivido pelos dois namorados, se é que se pode chamá-los assim.

Portanto, ficava a impressão de que a aproximação do dia zero — que devido a essa inversão não se sabe mais o que era, se o fim, o começo, os dois juntos ou nada disso — provavelmente aumentara o pânico do investigador. Deparando-se com um turbilhão que não conseguia dominar, ele o deixara de lado justo quando menos se esperava.

O abandono da última semana causara enorme sofrimento ao investigador. É o que se conclui do dossiê onde ele reunira o material necessário. Ali estavam, confusamente misturados e com uma insuportável densidade, outros fragmentos de relatórios e depoimentos, bilhetes, inquéritos, duas solicitações consecutivas de novas autópsias do corpo de Rovena, trazendo em anexo as cortantes respostas negativas de seus pais, uma solicitação de exumação da sepultura de Bessfort Y. em Tirana, esta aprovada, uma hipótese de que Rovena fora morta, desta vez não por serviços secretos mas por Bessfort Y., ao amanhecer de 17 de outubro, suspeita esta lançada por Liza Blumberg, uma fotocópia relacionada com a mencionada hipótese, do boletim meteorológico daquela mesma manhã, conforme o jornal *Kurier*, e por fim a licença de três dias, último pedido de Bessfort neste mundo.

Por mais que se movimentasse, o investigador sempre retornava a essa licença, na esperança de arrancar dela algo mais. Não tirava da cabeça as palavras de um colega, tempos atrás, quando ele falara pela primeira vez de uma investigação que fazia. Quando diante de um processo judicial, os ingleses muitas vezes se amparam em crônicas antigas, os muçulmanos no Corão e os jovens Estados africanos na Enciclopédia Britânica, mas quando chega a vez dos balcânicos quase todas as suas referências e modelos acham-se em suas cantigas épicas. Três dias de licença para empreender algo, provavelmente algo inconfessável? Com certeza devia existir algum paradigma célebre assim.

De fato tratava-se de um velho clichê. Metade das cantigas épicas balcânicas estava repleta de coisas assim. Parecia que todos os personagens faziam fila para pedir prazos. Alguns negociavam os seus com a morte, outros, mais recentes e portanto menos grandiloquentes, licenciavam-se da prisão onde mofavam, e assim por diante até os contemporâneos como Bessfort Y., que solicitara uma licença do Conselho Europeu. Pareciam muito variados, mas possuíam uma essência invariável: um pacto secreto do qual não havia como escapar.

O investigador ouvira, estupefato. Pois eis que a licença de Bessfort Y., de acordo com os peritos, assemelhava-se com a licença de três dias obtida por um certo Ago Ymeri, embora este último tivesse sido arrancado de um cárcere medieval e não do Departamento de Crises em Bruxelas.

O investigador imaginou Ago Ymeri esporeando seu cavalo para chegar à igreja onde sua prometida seria entregue a outro... Ele nunca escutara uma história tão contraditória. Não se explicava por que o outro obtivera a licença, muito menos por que voltara à masmorra após seu término. A menos que houvesse um significado em código.

O investigador sentiu um vazio no peito. Que significariam essas silhuetas, essas sombras que se superpunham? Ele tinha o motorista, junto com o retrovisor do táxi, cujo espelho refletira o enigma, mesmo que tivesse sido por uma fração de segundo.

Na última vez, ele o pressionara apenas nesse ponto. O que você viu no espelho? O que o perturbou tão mortalmente? Foi a perda de alguém que pesou em seu espírito? Alguém que não aparecia nem em sonhos?

Assim começara uma das conversas, semelhante a dezenas de outras.

Que não aparece em sonhos? Não estou entendendo, dissera o outro.

Você tem uma filha, mais ou menos da idade da moça desconhecida que pegou o seu táxi. Houve algum problema com ela? Algum impulso confuso, desses que a pessoa jura jamais admitir a alguém. Que levará para a cova. Acho que você já ouviu essa expressão. Mas, mesmo que já tenha ouvido, não acredito que tenha meditado sobre ela. Quer dizer, tentar imaginar o que significa você estar realmente na cova, naquele compartimento apertado, não por algumas noites, semanas ou anos, mas por séculos a fio, centenas, milhares de milênios. Sozinho, a cova e você.

Você e a cova. O narrador e a ouvinte. A ouvinte e o narrador. As coisas que contamos sobre a terra não passam de miudezas perto da grande confissão dos mortos. Uma narrativa tecida por bilhões, ao longo de milhares de anos, em centenas de línguas. Mas ele permanecerá ali pelos séculos dos séculos. Até o fim dos fins. Jamais ouvido por qualquer orelha humana. Lá no fundo. Entre você e a cova. No meio dos dois. Pense você mesmo, portanto: ali, sem advogado, sem testemunhas, sem medo de nada, pois você próprio nada é. Pense assim e me diga apenas um átomo, um átimo do que dirá à cova. É só o que peço, ó homem, ó taxista, realiza este meu sonho, faz de mim por um momento o seu irmão. Ou, melhor dizendo, a sua cova.

Não estou entendendo. Estou cansado. Com sono. Não sei o que você quer.

Você já pensou em sua filha? Aqui neste mundo chamam de incesto. No outro não sei que nome tem. Não peço desculpas por fazer uma pergunta tão pesada. A cova não pede desculpas.

Estou com sono. Deixe-me em paz. O médico disse que essas sessões prolongadas me fazem mal.

Tem razão, acalme-se. Vou perguntar somente duas coisinhas simples. Falo dos últimos instantes, logo antes do acidente. Como estava o rosto dela? E o dele?

Os dois estavam frios. Pelo menos eu achei. Pálidos como cera, como se diz.

Foi isso que amedrontou, quer dizer, perturbou você?

Talvez.

O que mais? O que mais aconteceu?

Nada. Havia um silêncio, como em uma igreja. Com a diferença de que uma luz excessiva vinha de fora. Talvez por isso eu deixei de enxergar a estrada. O táxi parecia estar andando pelo céu.

Você disse que naquele instante eles tinham tentado se beijar. Desculpe se eu faço a mesma pergunta que os outros. Aquilo chocou você? Quem sabe apavorou você?

Aparentemente... Mas eles mesmos estavam sentindo algo assim. Pelo menos os olhos dela. Vi o terror deles no espelho.

Você viu o terror deles no espelho. E o seu próprio terror, onde se via?

Não entendo.

O terror que você sentia. Não era o seu mesmo parecendo ser o deles? Você nunca teve ganas de quebrar um tabu assim? Eles fizeram você se lembrar disso, por isso perdeu o juízo e capotou?

Não estou entendendo. Não me atormente.

Fique calmo... E depois? O que aconteceu depois? Eles chegaram a dar o beijo?

Não tenho certeza. Eu diria que não. Foi o momento em que viramos. Tudo despencou para o barranco. A luz cegava. Destroçava você.

2.

Toda vez que o investigador se afastava do taxista, sentia que algo ficara por ser dito. A custo reprimia a vontade de retornar. Da próxima vez, pensava. Da próxima vez não se deixaria enganar. O enigma estava no motorista. Ele devia abrir mão das tiradas filosóficas, tais como a dos dois tipos de amor, a velha, com milhões de anos, que funcionava dentro do clã, e a nova, rebelde, que tinha quebrado aqueles grilhões. Que os outros se ocupassem das disputas e reconciliações entre elas e da esperança que cada uma acalentava de estrangular a outra pelas costas quando a ocasião se apresentasse. Havia ali um mistério que tinha relação com os mais antigos mecanismos do mundo, aqueles que milênio após milênio tinham fabricado na obscuridade a fúria dos tigres, os desejos, a compaixão, a vergonha ou os estados de paz de espírito... O negócio dele não era com eles, assim como não era com cantigas épicas, fossem as de antanho ou as de agora. O negócio dele era com o motorista, que talvez pensasse que escaparia dele. E tinha o direito de pensar assim, já que o investigador ainda não penetrara a fundo na pergunta fatal: Você colaborou ou não no assassinato?

Ela viria, meu bem, aquela pergunta viria. Assim que acertasse as contas com algumas suposições paralelas. E que esquecesse aquela história das cantigas. Convencia-se de que pensava assim, até o momento em que se perguntava, a contragosto, por que então, apesar de tudo, sua cabeça insistia naquilo.

O cavaleiro levando a noiva na garupa é algo fácil de imaginar. Assim como as palavras trocadas entre os dois. Onde vamos? Para lá... Para a prisão? Isso mesmo, a prisão, onde mais? Mas o que eu vou fazer ali? Além do mais... a lei permite? Nisso eu não pensei. Mas por quê? Que pacto você fez com eles? Por que o deixaram sair? O que prometeu a eles?

Em certos momentos o trote da montaria preenche os silêncios. Depois, mais vozes. Por que você é obrigado a voltar? Vamos embora, somos livres. Não posso. Mas por quê? O que o amarra?

De novo o silêncio e o trote que devora a poeira.

Podemos descansar um pouco? Não, estamos atrasados. Hoje é o terceiro dia da licença. Quando cai a tarde os portões da cadeia se fecham. Que rio é aquele? Parece o rio da ponte onde nos conhecemos, lembra? Por que se volta agora contra nós?

Temos que nos apressar. Segure forte em mim. Mas essas ovelhas, esses bois negros, de onde vêm? Há muito movimento. Devemos nos apressar. Segure mais forte. O que está fazendo, assim você me sufoca... Talvez cheguemos antes de o portão fechar. Os aeroportos andam rígidos. As portas de acesso ao avião fecham cada vez mais depressa.

Com os olhos semicerrados, o investigador balança a cabeça num gesto de negativa e rejeição. Uma convicção o impulsiona a falar com Lulu Blumb antes do encontro habitual com o motorista.

Ao contrário da primeira vez, nos últimos encontros com o investigador Lulu Blumb mostrara-se extremamente atenta para postergar ao máximo e cercar de cautelas a suspeita de que Bessfort Y. não passava de um assassino.

Aparentemente fora por essa razão que, antes de entrar no ponto central de seu depoimento, Lulu Blumb, ela que repentinamente desempenhava um papel crucial na parte conclusiva da investigação, tratara de se alongar em temas extremamente profundos e complexos que ninguém exceto ela tinha condições de conhecer. Assim, por exemplo, pedira licença ao investigador para falar sem rodeios, e não sem uma ponta de orgulho dissera que muitos homens podiam ter dormido com Rovena St., mas nenhum deles poderia supor conhecer melhor que ela as partes íntimas de seu corpo. A depoente apenas mencionara de passagem a comparação com o piano, que o investigador esperara naquele momento, concentrando-se no raciocínio de que seus dedos tinham transcrito naturalmente do teclado do piano da boate para o corpo da parceira a música de Mozart e Ravel, que servira de fundo para o primeiro encontro e a noite de amor a seguir. Com um risinho de mofa, acrescentara não acreditar que as tediosas e às vezes bárbaras declarações do Conselho Europeu sobre intervenções, terrorismo, bombardeios e terrores, que eram o ofício de Bessfort Y., fossem mais adequadas ao amor.

Sempre nessa toada, possivelmente estimulada pelo cuidado de retardar ao máximo a responsabilização pelo crime, Liza Blumberg lançara luz sobre uma parte da névoa que cobria os acontecimentos, evidenciando precisamente aqueles pontos que os outros tinham eludido. Sua grande contrariedade por não ter logrado arrancar Rovena de Bessfort Y. ia ocupando sempre mais o lugar do enigma principal, a morte da jovem.

Fora a primeira vez que acontecera uma coisa dessas, ser derrotada por um homem. Era o que gostava de repetir.

Por dias e noites a fio, Lulu Blumb quebrara a cabeça sem atinar com uma explicação para o que tinha ocorrido. Que grilhões Bessfort Y. usava para conservar sua amada? Que terrores? De que modo conseguira contagiá-la?

Em geral os homens se revelavam verdadeiros tolos quando acontecia de saberem que tinham uma mulher como rival. Gostavam de gargalhar, alguns sentiam alívio por não serem traídos com um homem, outros morriam de curiosidade e havia até os que nutriam a esperança de conquistar a adversária. Somente mais tarde, no momento em que se inteiravam da verdade, arrancavam os cabelos e maldiziam a hora em que tinham caçoado como idiotas quando deviam chorar.

Lulu Blumb esperara impacientemente por aquele momento. Ele tardava, tardava, até que um dia ela compreendera que jamais chegaria. Bessfort Y. não tinha ciúmes dela. Já ela, sim. Essa a diferença entre eles, que, ao que tudo indicava, dava a vitória e ele e não a ela.

Ambos sabiam da existência do rival, porém de modo distinto. Um dia, quando Rovena começara a falar de uma experiência nova com Bessfort, e a pianista a interrompera dizendo que bastava, que não queria saber, a outra contara que com ele ocorria o contrário. Lulu Blumb ficara lívida.

O que quer dizer o contrário?

Era tarde demais para Rovena arquitetar alguma resposta tranquilizadora... O contrário era que ele, longe de criar obstáculos ao caso entre elas... gostava de saber... quer dizer, satisfazia-se... até a estimulava a fazer as pazes quando as duas se desentendiam.

Sua puta, exclamara Liza. Tirara proveito do amor dela para inflamar o tesão daquele gigolô. Vendera-a, como essa gente que vende vídeos contrabandeados. Sua perfeita idiota, deixara que ele a usasse como uma boneca. Entende o que quero dizer? Sabe o que significa boneca? Você entende alemão? Sabe como se diz boneca? "Eine puppe." É assim que ele usa você. Tal como os cafetões do seu país, que põem suas mulheres para rodar a bolsinha. Acho que você já leu nos jornais. Já ouviu no rádio. Mas você não só entrou nesse jogo como também enfiou a mim.

E o seu senhor, com sua magnanimidade de cafetão, permite que você fique comigo. Quer dizer, atira-me uma esmola, que neste caso é você. Porque é a esse ponto que você se rebaixou, uma boneca que se dá de esmola, e é a esse ponto que você me rebaixou, uma mendiga de porta de igreja.

Rovena ouvira atônita os soluços dela, ainda mais insuportáveis que os gritos. Se ele não tinha ciúmes era porque não ligava para ela. Para ele, para sua mentalidade de macho balcânico, ela, Lulu Blumb, não passava de uma coisa ridícula, um espantalho, uma bolha de sabão para Rovena matar o tempo de sua servidão. Ela pedia desculpas por usar palavras como "puta". Aceitava que não era páreo para aquele monstro. Reconhecia a derrota. Talvez fosse melhor elas não se verem mais. Não tinha nada mais a dizer, exceto "Que Deus a proteja".

Rovena também estava em prantos. Por sua vez pedia perdão. Dizia que ela não devia levar a sério tudo aquilo. Afinal de contas ele era o seu homem.

Seu homem?, gritara Liza entre soluços. Era a primeira vez que ouvia isso. Ela mesma dissera o contrário... Essa era a verdade então... Eles mantinham segredo... Ao menos para ela Rovena era assim... Mas você estava disposta a ir comigo até aquela igrejinha grega no meio do Mar Jônico para nos casarmos... É verdade, porém isso nada mudava na essência... Ele era o meu homem em outro sentido, queria dizer, em outra esfera.

3.

Homem secreto, outra esfera... De acordo com Lulu Blumb, era ele, e apenas ele, quem enfiava tais ideias na cabeça de Rovena. Esta era completamente indefesa diante daquela irradiação maligna. Claro que não era fácil. Ela própria, Lulu Blumb, de quem se poderia dizer que estaria defendida, pelo muito que o odiava, às vezes sentia-se afetada, o que a apavorava.

Sua proposta de casamento fora a primeira vez que lhe parecera que se defrontavam. A mágoa de Rovena quando passava com Bessfort Y. pelas igrejas vienenses, sem entrar em nenhuma... sem em nenhuma trocar alianças... fizera irromper repentinamente em sua cabeça a ideia de que aquelas não eram as igrejas delas e que ela podia levar a outra a outro templo, onde se reconhecia um amor diferente.

Haveria realmente uma capela, perdida em algum lugar entre a Grécia e a Albânia, onde as lésbicas se casavam? Ou tudo isso não passava de fantasia?

Fazia tempo que aquele rumor era sussurrado de boca em boca. No entanto, jamais se mencionava um endereço. Nem o nome de uma agência de turismo, ou de casamentos, ou sequer uma pista na internet. Suspeitava-se de uma atividade do tráfico, naturalmente. Falava-se de uma rede clandestina que, mediante um pagamento de três mil euros, recrutava garotas e que garantia, além das núpcias, três dias paradisíacos com a eleita em hotéis paradisíacos. O resto podia-se imaginar: os traficantes gregos ou albaneses, que antes se ocupavam do contrabando de migrantes, agora usavam o mesmo esquema para desembarcar as moças em enseadas desertas, fingiam ter errado o caminho devido à névoa, violentavam-nas, depois punham-nas de novo nos barcos e abandonavam-nas em algum canto perdido, ou, pior, afogavam-nas em acessos de cólera, ou ainda, ébrios de ódio, inexplicavelmente atiravam-se eles próprios ao mar, afundando junto com elas e em meio a seus gritos.

Rovena nada sabia daquilo. Ao passo que Lulu Blumb amedrontava-se com as narrativas, mas mesmo assim, estranhamente, relutava em abandonar a tentação da viagem.

Em certos dias parecia-lhe que sua tentação apenas refletia uma irradiação vinda do monstruoso cérebro de seu rival. Bessfort Y. também procurava havia tempos a sua igreja. Para si e para Rovena. Outra igreja diferente para a estranha ligação deles.

Talvez por temer este mundo e sentir-se alheio a ele, buscava outra realidade. E como sempre conseguira contaminar Rovena com aquela extravagância.

Certa manhã, pouco antes de morrer, quando o sol mal despontava, ela despertara soluçando e contara a Lulu o sonho que acabara de ter: um guichê de aeroporto onde ela pedia uma passagem aérea, mas não havia lugar no avião; ela insistia, implorava, ameaçava, pois precisava partir sem falta, às pressas, para estar em seu país, a Albânia, onde duas rainhas tinham morrido uma após a outra, e ela, a terceira, estava longe; a funcionária do aeroporto dizia: "A senhorita está na lista de espera, como simples passageira e não como rainha, e ela reiterava que era rainha como acabara de dizer, que estava sendo esperada na catedral de Tirana e que se levava duas roupas era por não saber para que a chamavam... se para um casamento ou para um enterro...".

Como muitas jovens neste mundo, ela aparentemente passava da condição de escrava para a de rainha, ou vice-versa, sem achar seu legítimo lugar.

A pianista não soubera responder com clareza às inúmeras inquirições do investigador quanto ao novo tipo de amor que os dois pareciam procurar. A partir das explicações dela, o investigador voltara a seguir o rastro dos mesmos fragmentos dispersos de antes, sobre a forma primeva do amor, que perdurara por cerca de dois milhões de anos e que, por ter misturado laços de sangue com desejo, enchera o planeta de idiotas e aleijões. Sempre conforme Bessfort Y., apesar de muita gente ter compreendido que a procriação devia se dar fora do clã, fora preciso atravessar centenas de milhares de anos até que a atração macho-fêmea, em uma infinita crônica reprodutiva, assumisse a forma do amor tal como é conhecido atualmente. Embora tardio ao extremo (datando talvez de três ou quatro milênios antes da construção das pirâmides), esse amor novo, rebelde e fulminante como o dia do fim do mundo, conseguira fazer frente ao velho amor multimilenar. À velha lealdade do sangue, tediosa mas tranquilizadora, opusera a insegurança relampejante do gosto pelo abismo e pela gratuidade. Inimigos mortais, nenhum conseguira contudo impor-se ao outro. De vez em quando, o velho mamute adormecido chegava a vencer a jovem fera a tal ponto, que levava a pôr em dúvida sua existência.

Lulu Blumb demorara para entender a causa da atração por esse tema. Primeiro Bessfort Y., e mais tarde talvez ela também, buscavam persistentemente o amor novo ou, para dizer de outro modo, uma terceira variante, fruto do cruzamento das duas primeiras. Pelo menos assim o entendera até o dia em que passara a duvidar. Lulu Blumb achava, portanto, que os dois, ao buscarem esse amor jamais inventado, assemelhavam-se aos pacientes voluntários que aceitam servir de cobaias no teste de novos e perigosos medicamentos.

Como Bessfort Y. já havia explicado, sendo ele de temperamento difícil, sentia-se sozinho neste mundo. A própria busca de uma nova fórmula do amor talvez se ligasse a isso. Uma fórmula que excluísse a infidelidade tal como fazia o amor antigo, o imemorial amor dentro do círculo dos laços de sangue. E que junto com a infidelidade eliminasse a separação. Como todos sabem, os tiranos jamais aceitam perder. Entretanto ele não podia ignorar que toda ligação passional entre um homem e uma mulher acarreta o perigo da perda. Ao que parece, por essa razão, não podendo proteger seu amor de tal perigo, ele decidira dividi-lo em duas fases: a primeira, segura, definitivamente encerrada, e a segunda, em que Rovena já não era sua amada, mas uma simples *call girl*.

Como o senhor mesmo contou, eles designavam essa segunda fase de *post mortem*. Os dois usavam essa expressão, mas na verdade quem era *post mortem* era Rovena, não ele. A morte dela nascera com essa expressão. Nela se proclamava, ainda que inconscientemente, o fermento inicial da premeditação do homicídio.

Era natural que ele chegasse a semelhante ideia. Personalidades tirânicas têm uma queda por soluções radicais. Ele empregara todos os meios para se acostumar com a possível traição de Rovena. Depois, ao constatar que eles não o livravam dos tormentos da perda, decidira fazer o que milhares fazem neste mundo: eliminar a amada.

Ela, Lulu Blumb, percebera a personalidade homicida dele muito antes de os serviços secretos a mencionarem. A angústia diante das intimações da Corte de Haia, fotografias de crianças sérvias assassinadas dentro da mala, as tatuagens de Rovena, que não passavam de projeções de seus desejos, tudo fornecia indícios seguros. Seu ímpeto destrutivo aflorava toda vez que ele se deparava com o que lhe parecia um obstáculo: uma ideia, como no caso da Iugoslávia, uma cruzada, uma religião, uma mulher, quem sabe seu próprio povo.

Rovena surgira diante dele com apenas vinte e três anos, não tinha como escapar da asfixia.

Quebravam a cabeça procurando os motivos para fazer dela quase uma prostituta. Pensavam encontrar, fingiam encontrar, mas nada encontravam. Os bandidos e cafetões que transformam as namoradas em putas para lucrar uns dólares eram mais plausíveis. Ele, jamais. Ela própria só recentemente se lançara a alguns raciocínios mais complicados. E se as coisas fossem mais simples e a conversão dela em *call girl* não passasse de uma preparação para o assassinato? Afinal de contas, quando se fala em matar mulheres neste mundo, as prostitutas são as primeiras que vêm à cabeça.

Podia ser que seus raciocínios parecessem extremamente sofisticados, escolhidos a dedo, como se diz, daqueles que só medram nos meios artísticos.

Ela não queria desperdiçar mais tempo com aquilo. Não se dedicaria, por exemplo, à análise do famoso sonho do mausoléu de gesso. De longe já se via que era um sonho típico de assassino.

Se, por razões pessoais ou profissionais, o senhor investigador não fosse chegado a sutilezas psicológicas, então podia esquecer por completo tudo que fora dito até agora, mas que ouvisse bem uma coisa, a explicação fundamental, dada por ela tempos atrás: Bessfort Y. matara a namorada porque ela ficara sabendo de seus segredos... profissionais.

4.

A pianista respirou fundo. Ela conhecia bem o momento em que a plateia de um concerto, depois de um profundo silêncio, solta a respiração em uníssono.

Os segredos eram de dar calafrios, prosseguiu pouco depois. Falavam da Otan, de divergências internas que podiam cindir o Ocidente inteiro. Os próprios investigadores se apavoravam. E se eles tinham medo, como não ela, uma pobre pianista indefesa?

Lulu Blumb discorreu um bom tempo sobre o medo, até que o outro interrompeu-a com delicadeza. Lulu Blumb, disse ele. A senhora mencionou dois motivos para os assassinatos, completamente distintos um do outro. O primeiro, que a senhora chamou de psicótico, e o segundo, o derradeiro, ligado aos acontecimentos contemporâneos, ou, como se diz, políticos. Permita-me perguntar em qual deles a senhora de fato acredita?

A pianista pensou longamente antes de responder: Em nenhum dos dois. Ela acrescentou que havia indícios de que o motivo decisivo fosse o primeiro, a psicose, enquanto o segundo não passaria do pretexto adequado para criar a convicção do assassinato.

O depoimento dela voltou a enevoar-se quando retornou aos dois tipos de amor e especialmente às relações deles com a morte. Para o primeiro, o amor dentro do clã, a morte fora a maior das inimigas. Já para o segundo, muito ao contrário... Havia casos em que, sentindo-se débil diante de seu imemorável rival, o amor novo necessitara de uma aliada possante, a morte. E assim, graças a esse novo pacto de unidade, acontecera o inacreditável: a morte, que tamanho pavor despertava nos membros do clã, era encarada de modo totalmente distinto pelos amantes. Tanto isso era verdade que era impossível haver uma história de amor que não tivesse ao menos um instante em que um dos parceiros desejasse a morte do outro.

O investigador ouvia boquiaberto. Ele ouvira falar com enorme frequência da ligação eros-thanatos, mas nunca de modo tão palpável, como se a morte, que cada lado tentava atrair como aliada, fosse um banco, uma empresa de seguros ou um Estado.

Ela falava cada vez mais baixo, porém ele, estranhamente, ouvia. Todo o problema residia em libertar a mente da armadilha em que todos se deixavam prender. Na manhã de 17 de outubro Rovena St. não estava mais viva. Portanto quem estava ao lado de Bessfort Y. no táxi que seguia para o aeroporto era outra mulher.

A senhora então sustenta que o assassinato aconteceu antes, disse ele num murmúrio. Mas o cadáver... Por que não foi achado?

Cadáver, achado, perdido, isso segundo ela eram assuntos para a polícia. Eles ali falavam de outra coisa. O fundamental era que ele confiasse nela. Lulu Blumb estava quase implorando. Acredite, houve um assassinato. Ela estava pronta a cair de joelhos, a implorar. Que ele não insultasse a memória de Rovena com seu ceticismo... Ocorrera um assassinato, sem sombra de dúvida, embora ela não pudesse especificar onde...

Ele a custo a acompanhava. Finalmente, achou que captara o fio da meada, mas ele era delgado ao extremo, prestes a se romper. Caso negasse o assassinato, ele na verdade estaria negando que tivesse havido amor. Sim, pois, como estava agora estabelecido, amor e assassinato eram um o testemunho do outro. Caso um ficasse atestado, não havia por que duvidar do outro.

Bastara meio sorriso incrédulo do outro para que Lulu Blumb perdesse o fio.

Depois de um último silêncio, o mais prolongado de todos, ela pôs-se a dizer que seria compreensível que o senhor investigador desse uma explicação equivocada à insistência dela, Lulu Blumb, em negar que na manhã de 17 de outubro Rovena St. e Bessfort Y. tivessem estado juntos no táxi fatídico. Ele poderia tomar aquilo por um último desejo da pianista, depois de querer separá-los em vida, separá-los ao menos na morte. Pensar assim era um direito dele, mas ela seria sincera até o fim. Para persuadi-lo de que houvera um assassinato, revelaria o maior segredo de sua existência. Aquele que jamais contara a ninguém e estava certa de que levaria à sepultura. Eis portanto que ela entregava-lhe a tremenda confidência: também ela... Liza Blumberg... desejara igualmente matar Rovena...

Tamanha ignomínia tinha a ver com a igrejinha perdida no Mar Jônico. Desde o princípio ela ouvira falar dos horrores que ali ocorriam, mulheres atiradas ao mar e traficantes loucos explodindo em gargalhadas. Mas ela não tivera medo. Ela sonhara até o fim com aquela viagem, da qual não voltariam jamais, nem ela nem Rovena St. Caso os traficantes não as lançassem ao mar, ela própria se abraçaria ao colo da amada e a atrairia para o abismo... Mas ao que parecia aquilo que estava para acontecer a bordo, no mar, se consumaria em terra, num táxi. Como em tudo mais, Lulu Blumb se atrasara. Depois dessa narrativa ela pensava que o investigador compreenderia que sua raiva de Bessfort Y., como toda raiva de um irmão assassino, só podia ser precária. Dissera que nos momentos em que a alma busca a paz ela rogava com o mesmo fervor por si própria e por ele.

5.

Depois do demolidor relato de Lulu Blumb, o investigador se convencera de que ela não retornaria mais. Havia algo de extenuante naquela confissão, como uma porta que se fecha, não deixando esperança de continuidade.

O investigador passa a se atormentar por não a ter inquirido mais fundo, especialmente sobre certas passagens obscuras da história. Conforme ele já observara, toda vez que Lulu Blumb anunciava que não se estenderia sobre tal ou qual evento, era por serem justo os mais importantes. Portanto sua mente acabava sempre voltando a eles.

Foi o que aconteceu com o segundo sonho, sobre o qual ninguém indagara devidamente. Agora ele se lamenta por ele, e numa espécie de punição repassa-o por completo e cada vez mais amiúde, tal como o ouviu da albanesa residente na Suíça.

Não lhe é difícil imaginar a caminhada de Bessfort Y. pelo campo desolado, tendo ao centro a edificação mortuária. Ele se detém diante do mausoléu que é ao mesmo tempo motel, dotado de portas que são e não são portas. Sabe o motivo de estar ali, mas igualmente o ignora. Uma luminosidade fria emana do gesso e do mármore. Ele grita o nome de uma mulher, porém nem sequer escuta o que sai de sua garganta. A mulher ao que parece está dentro da estrutura marmórea, pois ele volta a chamá-la. Contudo, mais uma vez sua voz sai tão fraca que nem ele mesmo a escuta. Um raio de luz que vem de dentro, no qual não tinha reparado, instiga-o a bater nos vidros pintados. Então um leve ruído se faz ouvir e uma porta se abre, ali onde não parecia haver porta alguma. Aparece um guarda-noturno do motel ou templo. Não há aqui uma mulher com este nome, diz ao fechar de novo a porta.

Entretanto, uma mulher realmente se aproxima por uma escada externa em caracol, que desce talvez de um terraço. O vestido colante faz com que pareça mais alta, mas seu rosto é desconhecido. Após o último degrau, aproxima-se e enlaça seu pescoço entre os braços. Ele sente seu desejo e afeto infindáveis, porém não consegue ouvir o nome que ela pronuncia num sussurro, bem baixinho. Ela fala mais alguma coisa. Talvez sobre sua longa espera ali dentro. Ou quem sabe sobre a saudade que a consumiu... Mas ele nada escuta do relato. Sabe somente que falta alguma coisa.

A mulher inclina a cabeça para dizer pelo menos seu nome, ou simplesmente beijá-lo, porém algo continua faltando e ele acorda.

Por horas e horas o teor do sonho às vezes se dilata, às vezes se contrai em sua mente.

Era fácil interpretá-lo como um sonho de assassino. Ele torna ao lugar onde foi feliz, pois a construção se assemelha a um motel. Mas ela também parece um túmulo, num testemunho de que ali mesmo onde ele foi feliz, matou.

Foi essa a obstinada interpretação de Lulu Blumb. Sem ousar contestá-la, ele procurara uma outra. Bessfort Y. viera ao campo desolado em busca daquela que estava dentro. Imóvel. Emparedada. Chamara-a para tirá-la dali. Para que recuperasse os movimentos. O que tampouco era fácil.

Mas isso é quase a mesma coisa, diria Lulu Blumb. Dentro do gesso e do mármore era Rovena que jazia, sufocada em todos os sentidos.

O investigador prosseguia a conversa imaginária com Lulu Blumb, embora já com o pressentimento de que voltariam a se encontrar.

E realmente assim ocorrera. O telefonema dela alegrou-o como a um adolescente.

Por mais que rodeassem o tema, a conversa por fim chegou ao ponto que absorvia os dois. Logo se via que, tal como ele, também ela remoera mentalmente incontáveis perguntas, respostas e contestações. Por mais que procurassem não se misturar, chegou a hora em que os novelos que cada um trazia na cabeça se embaraçaram um no outro. Eles compreendiam, contudo, que jamais deveriam cair na armadilha de um sonho sonhado por um terceiro, narrado a um quarto e transmitido por um quinto...

Fora Lulu Blumb a primeira a dissipar o nevoeiro, ao contrário do investigador. Laboriosamente, retornara à manhã de 17 de outubro e ao táxi esperando na chuva diante da entrada do hotel. A temperatura era de sete graus centígrados, o vento mudava a cada instante de direção e a chuva não dava a menor trégua.

O investigador fazia um esforço para ouvir, mas não conseguia desvencilhar-se do sonho. O que buscava Bessfort Y. dentro do mármore no campo desolado da madrugada? Rovena, com certeza, mas qual delas? A assassinada, a destruída? E por que ela não surgira onde ele esperara, e sim na escada em caracol? Certamente havia ali remorso, mas do quê, de quem? Dele, dela, dos dois? Gostaria de perguntar a Lulu Blumb, porém ela estava distante do sonho.

6.

A fala dela era persistente. Ela fora a única que tivera o mérito de não se contentar com as explicações dadas até então para o intervalo demasiadamente extenso entre a hora que as vítimas saíram do hotel e o acidente. Os testemunhos que ela própria recolhera sobre a manhã de 17 de outubro, a crônica da imprensa, os boletins meteorológicos e especialmente os repetidos comunicados transmitidos pelo rádio da polícia rodoviária eram de uma espantosa exatidão. Todos admitiam que só isso seria bastante para conferir a ela pelo menos o direito de ser ouvida. O outro motivo era a assombrosa reconstituição que ela fizera da atmosfera no saguão do hotel Miramax na manhã de 17 de outubro. Os lustres cuja luz empalidecia com a aproximação do dia, a sonolência do porteiro noturno e a aproximação de Bessfort Y. para fechar a conta e chamar um táxi. Depois, o retorno dele ao elevador, a ascensão e a segunda descida, dessa vez com sua amiga, que manteve abraçada desde a porta do elevador até o táxi. Nas dezenas de vezes em que fora interrogado, o porteiro noturno se ativera à mesma versão: depois de uma noite quase sem dormir, a vinte minutos do fim do seu turno, nem ele nem ninguém seria capaz de distinguir claramente o rosto de uma mulher, quase todo encoberto pela gola erguida do sobretudo, pelo chapéu e o ombro do homem ao qual se colava. Menos ainda poderia fazê-lo o motorista, que esperava dentro do táxi, enquanto a chuva e o vento mudavam de direção a toda hora quando os dois se aproximaram do carro como se fossem silhuetas perdidas.

Liza Blumber continuava a insistir que a jovem que entrara no táxi não era Rovena... não a Rovena normal. Indagada sobre o que queria dizer com isso, contestava que a moça, mesmo que tivesse os traços de Rovena, não passava de uma imitação.

Nesse ponto da conversação ela esgrimia as fotos tiradas logo depois do acidente; nenhuma delas mostrava o rosto da mulher. As feições de Bessfort podiam ser vistas claramente, com os olhos estáticos e um filete de sangue que parecia desenhado no lado direito da testa. Já a moça caída ao lado dele exibia apenas os cabelos castanhos e o braço direito, estendido sobre o corpo dele.

A pianista apresentara o mesmo relato várias vezes a outros investigadores. Eles a ouviam mais consternados que atentos, e sempre que a testemunha o percebia se enervava. Então eles se sentiam obrigados a interagir com ela, embora sem grande empenho. Imaginemos que a hipótese do assassinato seja plausível. Como explicar o comportamento posterior de Bessfort Y.? Por que sumir com o cadáver, rígido ou substituído, e logo num táxi? Para onde iria levá-lo, como se livraria dele? Teria ou não a cumplicidade do taxista?

Depois de uma curta hesitação ela se recompunha. Claro que o motorista podia ter participado. Mas aquilo era secundário. O principal era descobrir o que acontecera com Rovena. Segundo Liza Blumberg, ela foi morta fora do hotel e Bessfort Y. conseguira se desfazer do corpo, sozinho ou com ajuda de alguém. No entanto ele precisava daquele corpo, ou mais exatamente precisava das feições de Rovena St. no momento de deixarem o hotel. Tinham se hospedado por duas noites, de maneira que, quando chegasse a hora de procurar pela jovem desaparecida, o primeiro a quem perguntaria seria o seu namorado ou parceiro, chamassem-no como quisessem. Era fácil adivinhar qual seria a pergunta: os dois tinham deixado o hotel, ele e a namorada, de manhã cedo; como de costume ela o acompanhara ao aeroporto e só depois, na volta, desaparecera. Tudo pareceria simples e convincente, mas ele precisava de algo, exatamente o que ela já dissera, um corpo, um rosto.

Lulu Blumb expusera sua suposição diante dos sempre contristados olhos de seus interrogadores. Bessfort Y. tinha necessidade de um rosto, da aparência daquela que justamente ele acabara de liquidar de corpo e alma, Rovena St.

Ele devia ter refletido longamente sobre o modo de criar um álibi para si, ou, em outras palavras, pelo quê ou por quem substituiria a morta. À primeira vista teria parecido temerário, impossível até. Mas em um segundo exame mostrava-se simples. Seria fácil achar uma mulher mais ou menos parecida, pelo menos em estatura, para levar ao hotel. Se não uma mulher, alguém sem língua e sem memória, ou seja, que não representasse perigo, digamos uma boneca inflável dessas que se compram às dúzias em sex shops. Ao amanhecer, na semiobscuridade do saguão do hotel, dificilmente o sonolento porteiro repararia se a mulher que saía do elevador, ardorosamente abraçada ao seu amado, era diferente das outras.

Nesse ponto da narrativa, os olhares dos investigadores, junto com cansaço, manifestavam impaciência. Assim ocorrera com o primeiro investigador, mais tarde com o segundo e o terceiro. Liza já o sabia, de modo que, em sua primeira entrevista com o investigador, quando chegou o momento de falar daquela manhã (uma outonal manhã de chuva e vento, o que tornava ainda mais desolado o saguão do hotel, que Bessfort Y. cruzara em direção ao táxi, levando consigo o simulacro de sua amada), deu um sorriso amarelo e começou a falar mais depressa, mal articulando a palavra "boneca", depois de tentar em vão evitar seu emprego.

Fora precisamente aquela palavra que tinha mudado tudo. Algo deslocou-se nas feições do investigador.

A senhora falou em uma simulação, uma boneca, se meus ouvidos não me enganam.

O sorriso amarelo no rosto da mulher se transformara num esgar. Se essa palavra o aborrece, por favor, esqueça. Eu me referia a algo que substituísse Rovena, uma imitação, como se diz, uma isca artificial.

Senhora, não há motivo para recuar. A senhora mencionou uma "boneca", não foi? Referiu-se especificamente a "eine puppe". Liza Blumb quis desculpar-se por seu alemão, mas ele já pegara sua mão. Ela estremeceu. Esperou que ele passasse às injúrias, que os outros talvez tivessem pensado sem pronunciar. Em vez disso, para seu espanto, sem largar-lhe a mão, ele murmurou: Excelentíssima senhora.

Era a vez de ela se perguntar se aquilo fora dito de fato ou se eram seus ouvidos que lhe pregavam uma peça.

Os olhos dele estavam vazios, como se tivessem se voltado para olhar dentro do crânio.

7.

Efetivamente uma insuportável reviravolta estava em vias de se operar na cabeça do investigador. O enigma que há tanto tempo ele perseguia subitamente se revelara. Quis dizer: A senhora deu-me a chave do mistério. Mas faltava-lhe energia para recorrer a palavras.

O segredo rompia bruscamente a neblina. Aquilo que o motorista enxergara no retrovisor do táxi não passava de uma imitação. Portanto o passageiro, o homem, tentara beijar uma simples forma. Ou a forma ao homem.

Aquilo era o essencial, o restante, onde Rovena fora morta, se o crime realmente acontecera, por mais motivos (segredos da Otan, por exemplo, o mais plausível deles), onde ela ou seu corpo fora abandonado, o que fora feito depois da boneca, tudo passava para segundo plano.

Meu Deus, disse em voz alta. Agora recordava nitidamente que em algum lugar do dossiê havia uma menção específica a uma boneca. Uma boneca de mulher devorada por cães.

Era ali e não em qualquer outro lugar que se achava a explicação. O segredo que a todos fascinara. Junto com a frase perturbadora, como se chegasse de um universo de plástico: "*Sie versuchten gerade, sich zu küssen*". Eles tentavam se beijar.

Portanto, na raiz de tudo houvera uma boneca. Uma coisa sem alma, da qual ele se serviria para sair do hotel. Depois, no trajeto para o aeroporto, ocorreria a continuação da história. Pare um instante nesse acostamento, para eu jogar fora esta coisa. Ou então: Tome aqui estes euros e jogue isto fora.

Nada daquilo aconteceu, por causa do beijo. Fora ele que, ao assombrar o taxista, interrompera o roteiro. Em vez de se livrarem da boneca, tinham todos capotado.

Ele levou os dedos às têmporas. Mas e a polícia? O primeiro boletim de ocorrência já teria que registrar exatamente isso, uma boneca, achada ao lado do corpo de Bessfort Y.

O investigador não se apressou numa autorrecriminação: "Idiota!". Ainda que a aparência da verdade deixasse a desejar, a essência ali estava. Claro que algo não encaixava. Havia uma inadequação entre corpos vivos, plásticos, ideias e sobretudo tempos, passados e futuros. Mas isso era passageiro. Assemelhava-se a uma fotografia de grupo: um casal de namorados, uma boneca, um beijo impossível... e o principal, um assassinato. Excluíam-se entre si, não davam liga. Mas isso era compreensível. Inadequações assim, como por exemplo aquela entre a ideia e a implementação do assassinato, aconteciam. Ocorria de algumas peças permanecerem separadas, de um lado o assassinato, de outro o corpo a ser assassinado, até que se encaixam como pessoas que se desencontraram após uma confusão de horários.

O investigador procurou reduzir os acontecimentos à sua expressão mais simples, simples como um caso que se conta após o jantar. Pouco depois que o táxi deixou o hotel, o motorista reparou que a passageira coberta pelo sobretudo e o xale parece não tanto uma mulher viva e mais uma boneca. Depois do susto inicial, misturado a certo temor supersticioso, recompõe-se. Quantos malucos não andam por aí com violoncelos quebrados recheados de garrafas de aguardente ou de tartarugas, embaladas com todo o carinho? Ele não se deixou impressionar e manteve a calma inclusive quando a criatura de plástico deu sinais de estar viva. Fruto das irregularidades da rua, talvez, se não fosse uma ilusão causada por seu próprio cansaço. Só mais tarde, quando o passageiro tenta beijar a boneca, o motorista perde a cabeça.

Acostumado a testar as diferentes variantes de cada crime, o investigador espontaneamente põe-se a imaginá-las. Em uma, o taxista sabe desde antes que ganhará um dinheiro para jogar fora uma boneca. Como alternativa, as coisas se passam como já se sabe, mas o pagamento é mais polpudo e não há boneca, e sim um cadáver. Nos dois casos, os ocupantes do banco de trás, para espanto do taxista, tentam se beijar, seja ela boneca ou cadáver, e aí ocorre a tragédia.

A última variante, a pior de todas para o motorista, é a cumplicidade no assassinato. A caminho do aeroporto, ele e Bessfort Y. viram em algum canto deserto para se livrarem da moça. Aparentemente a catástrofe foi então causada pela tentativa de Bessfort de dar-lhe um beijo de despedida.

8.

O domingo amanhecia e os sinos pascais repicavam, quando, atordoado, ele partiu para a casa do motorista do táxi. A cidade parecia sombria e fria. Acabaram-se as esperanças, pensava, sem saber ao certo por quê.

A mulher que lhe abriu a porta fez uma cara hostil, mas o motorista disse: Eu já esperava. A vontade de falar finalmente levara a melhor.

Todos gostam de desabafar, disse consigo o investigador. Por algum motivo ele desconfiava que pagaria a conta do desabafo.

Vou pedir-lhe só uma coisa, disse, à meia-voz. Gostaria que você fosse o mais rigoroso possível.

O outro soltou um suspiro. Ouviu o investigador com o olhar fixo. Depois deixou cair a cabeça por um longo intervalo. Era uma mulher viva ou uma boneca?, repetiu baixinho a pergunta, como se falasse com seus botões. Suas perguntas estão ficando cada vez mais difíceis.

O outro o encarou com gratidão. Ele não gritara — Que maluquice é essa, você perdeu o juízo, cara —, simplesmente dissera que a pergunta era difícil.

Com voz pausada, tal como antes, começou a descrever a obscuridade daquela manhã, a chuva que não descansava e o ronco do motor enquanto ele esperava os dois clientes. Por fim eles apareceram na porta do hotel, assim abraçados, com as golas erguidas, e tinham corrido para o táxi. Sem esperar por ele, o homem abrira a porta esquerda do carro para sua amiga, depois dera a volta para entrar pelo outro lado, de onde chegara a voz com sotaque estrangeiro: "Flughafen! Aeroporto!".

Como já contara outras vezes, não se lembrava de ter visto um congestionamento como aquele. Eles se arrastavam lentamente na obscuridade do amanhecer, paravam, partiam, paravam de novo, no meio de carros, caminhões frigorífico, carretas, ônibus, vans, todos pingando, ostentando nas carrocerias nomes de empresas, agências de viagem, números de telefones celulares, uma loucura. Nas noites que passara no hospital, aqueles escritos em línguas esquisitas e assustadoras não davam trégua a seu cérebro. Eram nomes franceses, espanhóis, holandeses. A metade da União Europeia estava ali, de cambulhada com a Torre de Babel.

Os olhos do investigador tinham perdido a aflição inicial. Você pode espichar essa narrativa o quanto quiser, pensava. Queira ou não, vai terminar respondendo minha questão essencial.

Esperou, esperou, depois repetiu a pergunta. O outro precisou apenas de uma curta pausa.

Ah, o negócio da boneca. Saber se a moça parecia ou não uma boneca... Claro que parecia. Ainda mais agora que você falou. Às vezes era ela que parecia, às vezes era ele. Aliás, não podia ser de outro modo. Com todos os vidros dos carros meio embaçados, a maioria das pessoas ficava assim, distante, perdida, como se fosse de cera.

O investigador sentiu que perdia a paciência. De repente, gritou.

Eu disse a você para não enrolar, pelo menos desta vez. Eu pedi, eu supliquei, eu implorei de joelhos.

Deus do céu, começou outra vez, pensou o outro.

A voz do investigador se esganiçara, no limiar de um soluço.

Dei uma última oportunidade para você desembuchar. Botar para fora cobras e lagartos, e o terror que rói você por dentro. Vai responder, afinal, o que é que o apavora? Que uma pessoa tentou beijar uma coisa? Que a boneca quis beijar o homem? Que isso era impossível para os dois, pois faltava alguma coisa? Fala!

Não sei o que dizer. Não tenho condições. Não posso.

Solta o segredo, vai!

Não posso. Não sei.

Não pode porque não quer. Porque você também é suspeito. Fala! Como iam sumir com o corpo depois do assassinato? Onde iam deixar a boneca? Não me venha com truques. Você sabe tudo. Você sabe de tudo. Espiou cada instante pelo espelho, seu cão de guarda.

Depois da explosão a voz do investigador voltou a se conter. Ele chegara àquela casa cheio de contentamento, na esperança de que o outro também se alegraria com sua descoberta. Mas o sujeito não quisera saber.

Eles não gostam de você, disse interiormente, dirigindo-se à boneca. Ninguém a enxerga, só eu.

Em meio ao silêncio, tirara da pasta umas fotos dos dois mortos. Vou mostrar mais uma vez ao senhor. Para provar que nunca se vê o rosto da morta.

O outro desviou os olhos. Tremia, gaguejava. Por que só dele cobravam o segredo? Por que a polícia não dizia se a morta era mesmo uma boneca em vez de uma mulher?

Bruxo, pensou o investigador. Era a mesma pergunta, a primeira de todas que ele fizera a Liza Blumberg. Aquela depois da qual, para sua grande surpresa e antes mesmo da resposta, a neblina descera sobre ele.

O motorista continuava a gaguejar. Acontecera uma coisa assombrosa no táxi dele. Algo que decididamente não colava... Mas por que só perguntavam aquilo a ele?

Qualquer um pode reclamar disto menos você, interrompeu o investigador. Faz mil anos que quero saber por que a imagem de um beijo o fez capotar, e você nunca responde.

Os dois pareciam exaustos do esforço. Você também pode perguntar mil vezes por que acreditei em Liza Blumb e eu também jamais responderei. Todos nós podemos nos interrogar uns aos outros. Quem lhe deu o direito de numa noite de trevas indagar aquilo que você próprio não enxerga?

Estava estafado demais para contar como, anos atrás, quando estava no colégio e os tinham levado pela primeira vez a uma exposição de arte moderna, todos haviam se assombrado e até rido das cenas de pessoas com três olhos, ou com os olhos deslocados, ou de girafas com a forma de uma biblioteca em chamas. Não riam, dissera alguém. Um dia vocês vão entender que o mundo é mais complexo do que parece.

O investigador voltara a se tranquilizar, até a comoção nos olhos retornara.

Existem outras verdades além daquela que parecemos enxergar, disse em tom baixo. Não as conhecemos. Não queremos conhecê-las. Não podemos. Talvez não devamos. Você, meu desgraçado amigo, estava falando que acontecera algo no táxi que não colava. Aquilo talvez fosse a essência. O resto era coisa já sabida. Aconteceu no seu táxi algo diferente daquilo que você viu. Sentaram-se juntos no banco traseiro culpados e inocentes, o assassino e a talvez vítima, a boneca, a imitação, formas e almas ora unidas, ora separadas, como aquelas girafas em chamas. Aquilo que você viu e eu imaginei provavelmente está longe demais da verdade. Não por acaso os antigos questionaram que os deuses tivessem dado a nós, humanos, saberes e conhecimentos superiores. Por isso nossos olhos sempre estavam cegos diante do que ocorria.

O investigador estava fatigado como quem sai de um ataque epiléptico.

Todo esse episódio podia ter sido diferente. Ele já não se espantaria se lhe dissessem que tudo que fora investigado estava tão longe da verdade como uma biografia do papa, um empréstimo bancário ou as confissões de uma garota traficada da ex-Europa Oriental em um desolado posto policial de fronteira.

Vou lhe fazer mais uma pergunta, disse com voz macia. Talvez a última. Quero que você me diga se escutou, no trajeto para o aeroporto, um ruído bastante esquisito, que a princípio podia parecer vir de um motor, mas não vinha. Um barulho completamente estranho numa rodovia, como o tropel de um cavalo que o perseguisse...

Levantou-se sem esperar a resposta.

9.

A renúncia a descrever a última semana agora já lhe trazia não irritação mas calma.

Estava convencido de que não só os momentos finais, no táxi, mas toda a semana tinham sido indescritíveis. Portanto a interrupção da crônica não lhe causava uma sensação de culpa; pelo contrário, sua continuidade é que teria parecido pecaminosa.

Todo grande segredo sempre sofreu eventuais vazamentos. Nos monstruosos armazéns onde os deuses guardavam os saberes superiores, interditos aos humanos, a cada sete, ou dez, ou setenta mil anos, sempre ocorria de algo vazar. Então, subitamente, como um pé de vento que por acaso ergue uma ponta da cortina que acoberta, os olhos cegos das pessoas viam num átimo de tempo aquilo que demandaria séculos.

Naquele instante fugaz, os quatro, os dois passageiros, o motorista e o retrovisor, tinham, ao que parecia, se deixado capturar por um ponto de vista impossível.

Acontecera alguma coisa que não colava, dissera o chofer. Portanto, algo que escapava a todos. Uma sinistra história de sangue? Uma dívida herdada de outrora, cujo peso vergava as presentes gerações?

Era possível que na última semana Rovena e Bessfort Y. tivessem sentido que haviam pego um caminho do qual tentaram em vão se afastar. Talvez tivessem ido longe demais. Agora queriam retroceder.

O que seriam esses pactos primevos? Onde tinham sido selados e por que era impossível quebrá-los?

Nas horas matutinas ocorria de toda a história assumir contornos distintos. Um enredo de almas privadas de corpo. Ficava a impressão de que esse divórcio corporal originara a confusão nebulosa, a libertação embriagadora e o corte dos vínculos entre a essência e sua forma.

O dossiê da investigação registrava em várias ocasiões que Rovena St. e Bessfort Y. haviam mencionado aquele divórcio. Havia indícios de que também tinham se arrependido.

O investigador recordava, como quem contempla um diamante raro, as poucas ideias trocadas com a pianista sobre o último sonho de Bessfort Y.

O que ele procurava no mausoléu-motel? Os dois estavam de acordo: procurava Rovena. A assassinada, segundo Lulu Blumb. A transfigurada, segundo ele. Talvez algo semelhante ao que milhões de homens buscam, a segunda natureza da mulher amada.

Por horas a fio ele imagina Bessfort Y. diante da construção, à espera da Rovena original. E mais tarde, no táxi, ao lado de sua forma esquiva, enquanto perpetra o que ninguém jamais vivera.

10.

    Fora numa apagada tarde de domingo que Liza Blumberg telefonara, depois de um longo intervalo. Diferentemente das outras ocasiões, tinha a voz sonolenta e calorosa. Liguei para dizer que retiro terminantemente qualquer suspeita de que Bessfort Y. tenha assassinado minha amiga Rovena.
    Como assim?, perguntou ele. Você estava tão segura...
    Tanto quanto agora estou segura do contrário.
    Ah, disse ele, depois de uma pausa.
    Esperou que a outra acrescentasse alguma coisa ou desligasse.
    Rovena está viva, prosseguiu Lulu Blumb. Mudou a cor dos cabelos e agora se chama Anevor.
    No fim da tarde Lulu Blumb foi contar o que sucedera na noite anterior.
    Ela tocava piano numa boate, exatamente a mesma onde as duas tinham se conhecido havia alguns anos. Era o mesmo bar, o mesmo horário, pouco antes da meia-noite, e ela sufocava de tristeza quando Rovena surgira. Sentira sua presença desde

que ela empurrara a porta da rua, mas um obscuro acanhamento, um medo de que a outra mudasse de ideia e fosse embora, impedira-a de erguer os olhos do teclado do piano.

A recém-chegada percorrera devagar as mesas até instalar-se precisamente no lugar onde se sentara no passado, na noite fatal em que as duas se conheceram. Pintara os cabelos de louro, aparentemente para não ser reconhecida, como Liza perceberia mais tarde. Mas o jeito de andar era o mesmo, assim como sem dúvida os olhos, que quem fita nunca mais tira da cabeça.

Por fim tinham cruzado os olhares como antes, mas um muro invisível fizera Lulu Blumb respeitar o desejo de anonimato da recém-chegada.

Entretanto, toda a emoção do reencontro depois da longa ausência, o desejo e a frustração passavam por seus dedos até o teclado do piano, que por tanto tempo se confundira naturalmente com o corpo da amante.

Ao fim daquela apresentação, cansada, inclinando a cabeça enquanto ouvia as aclamações, esperara que ela se apresentasse entre os admiradores, tal como da outra vez.

A outra de fato chegara, por último, pálida de emoção. Rovena, meu amor, bradara interiormente Liza Blumberg, mas a outra pronunciara um nome diferente.

Isso não as impedira de repetir as palavras de outrora, e mais tarde, pouco antes de o bar fechar, as duas estavam no carro da pianista, como na primeira vez.

Por um bom tempo beijaram-se em silêncio. Nas duas vezes em que Liza murmurara o nome "Rovena", a outra não respondera. Continuaram a se beijar, as lágrimas correram nas faces das duas e só na cama, bem depois da meia-noite, às portas do sono, quando Liza enfim dissera "Você é Rovena, por que nega isso?", a outra respondera: Você me confunde com outra. Depois de um grande silêncio, repetira: Me confunde com outra. E em seguida acrescentara: O que importa?

E de fato o que importava, pensara Lulu Blumberg. Era o mesmo amor, apenas sob outra forma.

Você disse um nome?, sussurrara a moça. Disse Rovena? Se ele a agrada tanto, chame-me por seu anagrama, como anda na moda: Anevor.

Anevor, repetira silenciosamente Lulu Blumb. Soava como o nome de uma feiticeira de outros tempos. Você pode pintar os cabelos, trocar de passaporte e usar mil e um truques, mas nada no mundo me faria duvidar que você é Rovena.

Ao afagar-lhe os seios, achou o sinal do ferimento causado pelo tiro dele, no assustador motel albanês. Beijou-o de leve, sem nada dizer.

Havia muitas perguntas a fazer. Como conseguira escapar de Bessfort Y.? De que modo o enganara?

Rovena podia fazer com seu corpo o que bem entendesse, mas no fundo também ela sabia que nada mudava.

No dia seguinte, Lulu Blumberg tocaria no piano da casa, e as notas da música de Bach, como o universo inteiro, teriam o aroma das partes mais íntimas do corpo da moça.

Adormecera com aquele pensamento. Quando despertara na manhã seguinte Rovena se fora. Teria acreditado em um sonho se não achasse um bilhete no piano.

"Não quis te acordar. Obrigada por esse milagre. Sua Anevor."

Aí está, comentou com voz cansada, depois de uma pausa, antes de se erguer para sair.

Como acontecia amiúde, os olhos do investigador estavam pregados na última foto, onde apareciam os cabelos escuros de Rovena e seu frágil braço, esticado sobre o torso de Bessfort Y., apontando para o nó da gravata, como se quisesse afrouxá-lo um pouco no derradeiro instante, facilitando a partida de sua complicada alma.

O olhar do investigador acompanhou da janela a mulher

que dobrava a esquina. Uma trovoada longínqua levou-o a mover a cabeça numa negativa, sem nem imaginar a quem dirigia aquele não ou o que estava a recusar.

Lá se fora também Lulu Blumb. Abandonara-o sem alarde, como tantas outras coisas neste mundo, e talvez o trovão tivesse sido de alguma forma o seu adeus.

Agora ele ficaria como antes, sem ninguém, sozinho com o enigma dos dois estranhos, cuja solução ninguém lhe pedira.

11.

Como já lhe acontecera antes e ainda aconteceria por centenas de vezes até o final de sua existência, o investigador imagina facilmente o penoso movimento do táxi em meio ao fluxo de carros na confusa manhã de 17 de outubro. A chuva batendo nos vidros, as longas paradas, os idiomas europeus e os nomes de empresas e cidades distantes escritos nos enormes caminhões. Dortmund, Euromobil, Hanover, Elsinor, Paradis Travell, Haia. Os nomes, misturados a vozes baixas, que tempestade desgraçada, vamos perder o avião, acentuam a angústia.

É tarde, não resta dúvida. Eles querem retornar, embora não o digam. A armadilha se fecha de todos os lados. Vamos voltar, querido. Não podemos. Falam muito baixo e um não sabe se foi ouvido pelo outro. O retorno nunca é possível. O espelho mostra alternadamente os olhos dos dois. A rua parece um pouco mais desimpedida. Adiante, trava de novo. Talvez o avião espere. Frankfurt. Intercontinental. Viena. Hermitage de Mônaco. Kronprinz. Ela sente uma tontura. Mas estes são os hotéis onde fomos (onde fomos felizes, suspira, amedrontada). Por que se voltam subitamente contra nós? Lorelei. Schlösshotel-Lerbach. Ernst Excelsior. Biarritz. Ele procura estreitá-la contra si. Não tenha medo, querida. O tráfico parece estar se abrindo. Talvez o avião espere. Passou o braço pelo ombro dela, mas o gesto traz uma sensação de distância, de esquecimento. Que bois negros são esses?, pergunta ela. Só nos faltava isso. Em vez de responder, ele murmura algo sobre uns portões de prisão que espera achar abertos, antes que o sol se ponha. Ela sente medo outra vez. Quer perguntar: Onde erramos? Ele tenta aproximá-la de si. O que você está fazendo? Está me sufocando... O táxi agora corre. Os olhos do motorista sobem para o espelho do retrovisor como se já tivessem se cruzado com os dela em algum lugar. A luz chega dos dois lados. Mas é excessiva, impiedosa. Ela aproxima a cabeça do ombro dele. O táxi começa a trepidar. Sente-se uma presença estranha em seu interior. Intangível, surda. Com seus ameaçadores instrumentos e regras. O que está acontecendo? Onde erramos? Os lábios deles se aproximam ainda mais. Não devemos. Não podemos. Os instrumentos e regras que interditam estão por toda parte. Ele fala alguma coisa inaudível. Pelo movimento dos lábios parece um nome. Não é o nome dela. É outro. Ele volta a dizê-lo e mais uma vez não se ouve, tal e qual no sonho do gesso. Ele busca queixosamente aquilo que sufocou com suas mãos. Suplica: Volta, torna a ser o que foi. Mas ela não pode. Nunca se pode. Passam-se os minutos, anos, séculos, até que tudo se fende. E por fim o nome sai do estuque como um estampido: Eurídice. A trepidação subitamente cessa. Dir-se-ia que o táxi deixou o chão. E na verdade assim acontece. Com as portas que se abrem, parece que o carro de repente criou asas e, assim transformado, arremete pelos céus. A menos que jamais tenha sido um táxi, e sim outra coisa, que eles não notaram. Agora é tarde. Nada mais tem solução.

    Rovena e Bessfort Y. não existem mais... Anevor...
    Odnum etse a mecnetrep oãn áj Y trofsseB e anevoR...

12.

Ele cai cada vez mais frequentemente num estado de sonolência. Só se anima quando pensa em seu testamento. Antes de redigi-lo aguardava uma última resposta do Instituto Europeu de Acidentes Rodoviários. A resposta chegou com enorme atraso. O instituto aceitava as condições dele: em troca do retrovisor interno do táxi ele doaria seu estudo.

Nas repartições onde se apresentou, fitavam-no com espanto, e até com alguma consternação, como se olha um doente. Do mesmo modo o haviam recepcionado no depósito de desmanche. A procura do retrovisor fora longa, até que quando por fim o entregaram ele não acreditava em seus olhos.

A redação do testamento não era fácil. Enquanto o preparava, descobria a cada dia que o mundo dos testamentos era um universo sem fronteiras. As crônicas antigas forneciam todo tipo de modelos vindos de tempos imemoriais. Testamentos em forma de veneno, de drama antigo, ninho de cegonhas, reivindicação de minorias nacionais ou projeto de metrô. As peças que lhes eram anexadas revelavam-se não menos assombrosas, desde revólveres e preservativos até canos de oleoduto e sabe o diabo o quê mais. O retrovisor do táxi, a ser sepultado junto com o homem que tivera papel principal em sua existência, era único em seu gênero.

Ele enviara o texto para obter uma tradução para o latim, em seguida para as principais línguas da União Europeia. Por semanas a fio ocupou-se do seu envio a todas as instituições imagináveis encontradas na internet. Centros arqueológicos. Centros de estudos e pesquisas psicomísticas. Cátedras de geoquímica. Grand Bunker da morte, nos Estados Unidos. Por fim, o Instituto Mundial de Testamentos.

Enquanto tratava disso, chegavam-lhe notícias confusas. Em parte se relacionavam com a velha dúvida sobre se Bessfort Y. assassinara ou não sua amada. Como antes, as convicções se dividiam, ao passo que uma terceira corrente, embora aceitando todas as evidências de que Bessfort Y. cometera homicídio, apontava ser impossível precisar a data do crime. E, já que era assim, sustentavam que viam-se obrigados a abandonar o assassinato, a não ser que tivesse ocorrido em outra esfera, onde os atos acontecem, mas privados de datação, já que nessa esfera o tempo não existe.

Como era de esperar, isso vinha acompanhado do boato de que Rovena St. (com o passar do tempo, algumas pessoas liam St. como "santa") ainda estava viva. E não apenas ela, pois se dizia que também Bessfort Y. fora visto apressando o passo em uma esquina, com a gola do paletó erguida para não ser reconhecido. Tinham-no visto inclusive em Tirana, sentado num sofá após um jantar, tentando convencer uma jovem a fazer uma viagem com ele pela Europa.

Absorvido pelo testamento, ele tratava de esquecer tudo aquilo. Todos os dias voltava ao texto, retocando aqui e ali alguma palavra, suprimindo-a, recolocando-a, porém sem nada mudar na essência.

A essência do testamento dizia respeito à exumação de sua sepultura, com um ataúde de chumbo onde, ao lado de seu corpo, teria sido depositado o célebre espelho.

No princípio fixara o prazo da abertura em trinta anos. Depois mudara-o para cem, até que por fim estendera-o para mil anos.

Passou o tempo de vida que lhe restava imaginando o que os exumadores encontrariam quando abrissem sua cova. Estava convencido de que os espelhos, onde as mulheres se embelezam antes de ser beijadas ou assassinadas, impregnam-se com um pouco delas. Ocorria apenas que neste mundo insensível nunca passara pela cabeça de ninguém se ocupar do assunto.

Tinha a esperança de que aquilo que ocorrera no táxi que conduzia os amantes ao aeroporto, mil anos antes, teria deixado um rastro ainda que tênue no vidro espelhado.

Em certos dias concebia nebulosamente a decifração do enigma, porém em outros parecia-lhe que o espelho, mesmo jazendo por mil anos ao lado de seu crânio, permaneceria opaco e só ofereceria um vazio sem fim.

Tirana, Mali i Robit, Paris
Inverno de 2003-2004

ESTA OBRA FOI COMPOSTA PELO GRUPO DE CRIAÇÃO EM ELECTRA E
IMPRESSA PELA GEOGRÁFICA EM OFSETE SOBRE PAPEL PÓLEN SOFT
DA SUZANO PAPEL E CELULOSE PARA A EDITORA SCHWARCZ
EM JUNHO DE 2010